ZONA LIBRE

El hombre de los pies–murciélago

SANDRA SIEMENS

Norma

www.kapelusznorma.com.ar

Bogotá, Buenos Aires, Caracas,
Guatemala, Lima, México, Panamá, Quito,
San José, San Juan, Santiago de Chile

Siemens, Sandra
  El hombre de los pies-murciélago - 1a ed. -
Buenos Aires : Editorial Norma, 2009.
  160 p. ; 21x14 cm (Zona Libre)

  ISBN 978-987-545-563-4

  1. Literatura Infantil y Juvenil Argentina. I. Título
  CDD A863.928 2

Primera edición: junio de 2009
Séptima reimpresión: agosto de 2014

Impreso en la Argentina – *Printed in Argentina*

Edición: Natalia Méndez y Cecilia Espósito
Diagramación y diseño de tapa: Gisela Romero
Fotografía de tapa: Ignacio Parodi

CC 28001843
ISBN 978-987-545-563-4

Para mis cuatro hijos.
Para las cuatro demiurgas
de aquellos sábados.
Para Tati.

ÍNDICE

1.

Dolo tocó el timbre en casa de Vic.

Había un sol casi de verano y en una semana empezaban las vacaciones de invierno.

–Hola, Vic.

–Hola –dijo Vic concentrada en el mensaje de texto que entraba en su celular–. Es Jazmín.

xq no se apuran? Tengo algo regroso!!!

Dolo y Vic pasaron a buscar a Lara. Desde la casa de Lara a la de Jazmín había unas cinco cuadras. Los celulares de Lara y de Vic no pararon de sonar. El celular de

Dolo estaba mudo en el fondo del bolsillo de su pantalón de *jogging*.

Apuren q no aguanto +!!!

Cuando llegaron a la esquina, Jazmín corrió hacia ellas empuñando su celular.

–Qué pasa –le preguntó Vic.

–¡Ay! ¡No lo puedo creer! ¡No lo puedo creer!

–Pero qué pasa.

–Miren –dijo Jazmín–. Me mandó un mensaje Iván.

–¿Iván Vrest? –preguntó Dolo.

–¿Conocés algún otro Iván, Dolo? –la fulminó Jazmín, y no esperó la respuesta–: ¡Miren!

kieren dar una vuelta en auto?

Las cuatro se quedaron varios minutos con la boca abierta mirando la pantalla del celular como si admiraran el paso de un cometa o algún otro acontecimiento cósmico.

–¿Y ahora qué hacemos?

–No sé –dijo Vic–. Yo estoy re nerviosa.

Iván Vrest era de noveno y estaba muerto por Vic. ¿Muerto? Muerto de risa, le había dicho el hermano de Vic, que también iba a noveno. Cómo podía pensar que un tipo como Iván Vrest iba a estar enamorado de una nena como ella que iba a octavo. "Más todavía", le había dicho el hermano a Vic, "los tipos como Iván Vrest cambian de novia tan seguido como se cambian las medias".

"A lo mejor tengo suerte y es un mugriento como vos, que no se cambia las medias ni una vez al mes, y se queda muerto conmigo para siempre, ¡idiota!", se había enfurecido Vic.

Eso había sido hacía un montón de tiempo, como a principios de año, cuando Vic cometió la estupidez de preguntarle a su hermano por Iván Vrest. Fue igual que tirarles margaritas a los chanchos, como decía su abuela. Una pérdida de tiempo total. O peor todavía, porque eso le sirvió a su hermano para torturarla con gastadas día tras día.

Después de eso Vic aprendió a callarse la boca. También era cierto que Iván Vrest se había borrado bastante.

Iván era el único de su curso al que le daban el auto. Y ahora las estaba invitando a dar una vuelta. ¿Por qué le había enviado el mensaje a Jazmín? Igual estaba bien clarito, había puesto *quieren*, en plural. *Quieren* era *todas*, no solo Jazmín.

La pregunta que cada una de las cuatro mantenía en el más hondo secreto mientras seguían hipnotizadas mirando la pantalla del celular de Jazmín era si Iván Vrest seguía muerto con Vic o se había cambiado las medias y buscaba otra.

–¿Y Maca? –preguntó Dolo.

–En un torneo no sé dónde –dijo Jazmín.

–Mejor –dijo Lara.

Maca era más del otro grupo. El grupo de las fanáticas del deporte. Si no tenía práctica de tenis, tenía torneo de hockey o amistoso de vóley o intercolegiales de básquet. A veces, cuando le quedaba alguna tarde libre, Maca salía con ellas pero estaba en distinta frecuencia. En realidad, parecía que su cabeza siempre flotaba en otra parte.

Dolo se llevaba bien con Maca porque a Maca nunca le combinaban las zapatillas con el buzo, se ponía *joggings* y camisetas todo el tiempo y no usaba celular, así que nunca nadie la llamaba, igual que a ella.

Cuando llegaron a la plaza se sentaron las cuatro en uno de los bancos que daban a la avenida.

El auto de Iván Vrest no tardó en pasar. Manejaba Iván, adelante iba Nicolás Pezzuti y atrás, Federico Andrada y el Gonza Domínguez. Todos de noveno.

–¡Ay, chicas! ¡Qué hacemos!

–No sé. No sé, yo estoy re nerviosa –dijo Lara para no ser menos que Vic.

–¡¿Y yo?! –dijo Jazmín–. ¡¿A mí, que me mandó el mensaje?! ¿Vieron cómo miraban cuando pasaron?

–¡Síííí! ¡Reeemiraron! –dijo Dolo–. Yo también estoy nerviosa. No sé...

Estaban en plena medición de nervios cuando Iván Vrest se detuvo delante de ellas sin apagar el motor del auto.

–¿Y? ¿Vienen o no?

Como si lo hubieran estado ensayando se pararon las cuatro y las cuatro avanzaron hacia el auto.

–¡No! –gritó desde el asiento trasero Federico Andrada–. ¡La gorda, no!

–¡La gorda no entra! –confirmó el Gonza Domínguez.

Las cuatro se congelaron donde estaban. Las miradas de Vic, Lara y Jazmín se dispararon mil veces en todas las direcciones sin encontrar un punto donde detenerse.

–No te enojes, Dolo –dijo finalmente Lara–. Pero el Gonza tiene razón. No entrás.

–Hacé de campana por si aparecen mis viejos –le dijo Jazmín por lo bajo.

–O los míos –le dijo Vic.

Se amontonaron las tres junto a Federico y el Gonza en el asiento de atrás. La música estaba tan fuerte que no se alcanzaban a escuchar las risas. Pero Dolo, mientras retrocedía buscando el banco de la plaza, alcanzó a ver las muecas, las carcajadas mudas de sus tres amigas. Seguro que el Gonza Domínguez había contado uno de sus chistes.

Dolo había bajado la mirada cuando oyó el bocinazo. ¿Iván Vrest la saludaba? Con un mismo envión levantó la mano y la cabeza, pero el auto de Iván Vrest ya no estaba. El que había tocado la bocina era el auto que venía atrás ante la maniobra brusca que había hecho Iván al salir.

Dolo bajó la mano que saludaba a nadie, la metió en el bolsillo, tocó el celular y se reclinó en el banco a esperar.

Cuando volvieran las chicas tendrían un montón de cosas para contarle.

2.

Dolo se cansó de esperar, el sol de la siesta le daba de frente y le había puesto los cachetes rojos. Se ató los cordones de las zapatillas y cruzó la plaza en diagonal.

Lo raro era que no hubieran pasado ni una sola vez. Dolo calculó que el auto de Iván Vrest con la música y las voces de sus amigas desbordando por la ventanillas abiertas pasaría por la avenida una y mil veces, justo delante de su nariz. Había pensado en cómo saludaría, levantando la mano, así, como había saludado el paso de las carrozas en el carnaval, aunque no con tanto entusiasmo. O sí, saludaría con entusiasmo no fueran a pensar que se había quedado triste. Qué le importaba a ella. ¿O se iba a morir por no haber ido a dar una vuelta en el auto de Iván Vrest? Pero no habían pasado. Era raro que no hubieran pasado. Aunque por ahí, mejor. Iba a quedar como una estúpida, sola en ese banco, saludando como en el carnaval.

No tenía ganas de volver a su casa porque su mamá le iba a hacer un millón de preguntas que ella no iba a contestar. Una pregunta pegadita a la otra, una detrás de otra, sin esperar la respuesta, porque la mamá de Dolo sabía perfectamente que Dolo nunca le contestaba. No contestaba ni una sola de sus preguntas. Así que preguntaba como una máquina o como si jugara a algún juego, algo como "¿quién hace más preguntas en un segundo?".

Mejor se iba a lo de la Nana. No era su abuela verdadera, pero para Dolo, desde chiquita, la Nana era la abuela que tenía a mano.

La casa de la Nana tenía un frente liso y pintado de celeste. Dolo entró y llamó:

–¿Nana?

No estaba en el *living* ni en la cocina.

–¿Nana? ¿Ramón?

Miró en el dormitorio, en el baño. No estaba. Tampoco estaba Esper. Era domingo. Esper nunca estaba los domingos.

Dolo salió al patio y acarició a Nano, el gato de Esper, que dormía al solcito. Nano estiró la cabeza con los ojos cerrados como para que Dolo alargara la caricia. Pero Dolo siguió caminado hacia el fondo del patio, donde estaba el gallinero. A la pasada agarró un puñado de maíz de la lata. Esperó a que las gallinas se acercaran a picotear de su mano y cuando estuvieron bien cerca soltó el resto del maíz y agarró a una del cogote. Las demás armaron un enorme revuelo de plumas y tierra. Dolo revoleó a la gallina varias veces sobre su cabeza y después la tiró contra el suelo. Corrió hasta donde había caído y se apuró para volver a agarrarla del cogote. La revoleó otra vez y otra vez la tiró contra el suelo. Y así la siguió revoleando y estrellando hasta que la mató. Dejó la puerta del gallinero entreabierta para que la Nana pensara que había sido una comadreja.

Después entró a la cocina, abrió la heladera y se sirvió un tazón lleno de arroz con leche. Se sacó un par de plumas que se le habían quedado pegadas en el pelo y se sentó en el sillón de la Nana a mirar la tele.

3.

Hoy es domingo dieciséis de julio. Falta una semana para las vacaciones. Hoy es domingo y como todos los domingos estoy viajando a Rosario a visitar a mi mamá. Hoy voy a volver a decirle todo eso de la escuela. Le voy a decir que lo piense para el año que viene.

Cuando cumplió los ocho, Ceci, la mamá de Esper, le regaló un grabador de periodista. En realidad, Esper no era su verdadero nombre. Se llamaba Ramón. Ramón Espento. Pero los compañeros de la escuela empezaron a llamarlo por el apellido, Espento. La secuencia inmediata fue Espento/Esperpento, Esperpento/Esper. Y para siempre siguió siendo "Esper".

Esper vivía con la Nana. La Nana sí era la verdadera abuela de Esper. El grabador de periodista había sido el mejor regalo que le habían hecho en su vida. Esper tenía dos *cassettes* que iba alternando, cuando terminaba uno ponía el otro y luego volvía a grabar sobre el primero y así. Esper había *perdido* todas sus grabaciones de los primeros años. Las había borrado para seguir grabando. A los diez, empezó a pasar por escrito en un cuaderno todo lo que grababa. Era como si llevara un doble diario. Primero hablado y después escrito. También era doble trabajo. La desgrabación le llevaba mucho tiempo a Esper. Se ponía unos auriculares muy chiquitos que se metían en las orejas y ahí empezaba, el *play* hasta el final de una frase y luego el *stop*. Entonces escribía la frase en su cuaderno, su propia frase. Escribía lo que él mismo había dicho unas horas antes. Si alguna palabra se le había escapado, apretaba el *rewind* y volvía a escucharse tratando de atrapar la palabra que no había podido escribir. Y el *stop*. Y volvía a leer la frase que había escrito para asegurarse de que había puesto todas las palabras. Al principio corregía porque cuando grababa repetía muchas cosas. Varias veces a lo largo de la grabación se escuchaba, *no me acuerdo si esto ya lo dije.* Si ya lo había dicho antes, Esper no lo escribía otra vez. Después, como a los doce, Esper había decidido que no corregiría más, que iba a respetar palabra por palabra lo que había grabado.

Siempre comentaba lo que escribía con el Hombre de los pies-murciélago. Cada vez que se ponía a desgrabar, cerraba con llave la puerta de la habitación y, antes de ponerse los pequeños auriculares, abría la puerta del *placard* para que el Hombre de los pies–murciélago pudiera escucharlo.

Todo ese trabajo le llevaba mucho tiempo, pero el tiempo de Esper era un tiempo vacío, así que Esper estaba contento de poder llenar su tiempo vacío con eso. No tenía otra cosa para hacer.

4.

Ese domingo a la noche Dolo le dijo a su mamá que no se sentía bien.

–Me parece que me voy a enfermar.

–¿Cómo podés adivinar que te vas a enfermar?

–No adivino, me parece.

–¿Cómo que te parece? ¿Qué te duele?

–No sé. La panza...

La mamá de Dolo conocía de sobra esa estrategia. A ese primer movimiento la mamá de Dolo lo llamaba la *Anticipación*. Siempre era una molestia imprecisa, que la panza, o la cabeza, o ganas de vomitar. Los síntomas iban cambiando. Y cuando la mamá de Dolo

no se mostraba muy convencida, entonces se acumu-
laban, eran todos juntos. Era un terrible dolor de panza
que le provocaba ganas de vomitar y la cabeza que se
le partía en mil pedazos y también se sentía afiebrada
y le zumbaban los oídos.

–Bueno, amor, andá a acostarte. Mañana vemos
cómo amanecés.

Al día siguiente venía el segundo paso, que la mamá
de Dolo llamaba el *Agravamiento*. Imposible ir a la escuela. Dolo entraba a las siete y media. A las ocho y media
empezaba el tercer movimiento de la estrategia: la *Leve
mejoría*. Y para las diez, aproximadamente, el último
movimiento: la *Recuperación*.

Esa estrategia de Dolo se había repetido demasiado a lo largo de este último año y su mamá ya había
pensado que de seguir así tendría que hacer alguna
consulta con alguien. Pero esa noche hizo lo que sabía
hacer, hablar de frente, como decía ella, ir directamente
al nudo del asunto. Dolo estaba en plena *Anticipación*,
acostada y tapada hasta las orejas.

–¿Tenés prueba?

–No.

–¿Lección?

–Sí.

–Ah, me parecía.

–¿Qué te parecía? Si ya estudié. Me la sé toda.
¿Querés que te la diga?

–Bueno. ¿Dónde está el libro?

–Naturales. Ahí –dijo Dolo, señalando una pila de
útiles sobre su escritorio–. Página 234.

La mamá de Dolo se sentó a los pies de la cama y abrió el libro en la página 234.

–¿El sistema nervioso y los sentidos?

–Ahá.

Dolo se sentó en la cama.

–*"Las células del organismo, como hemos visto, se especializan en distintas tareas. En el sistema nervioso, por ejemplo, se especializan en captar diferentes tipos de estímulos. A su vez, los nervios se especializan en la transmisión de determinados estímulos y no de otros. Esto lo apreciamos en los órganos de los sentidos. Las células que captan los estímulos luminosos están en los ojos. Estos se comunican con el cerebro a través del nervio óptico".*

El nervio óptico de Dolo debió de enviar otro tipo de estímulo a su cerebro, porque sus ojos empezaron a humedecerse.

–¿Qué pasa? ¿Por qué llorás?

–No sé...

–Bueno, dormite.

–No –dijo Dolo secándose las lágrimas–. Te digo "el tacto": *"Las células que captan las sensaciones táctiles están en toda nuestra piel. Los estímulos llegan al cerebro por distintos nervios sensitivos".*

5.

El lunes a la mañana el *Agravamiento* era evidente, pero la mamá de Dolo le propuso que fuera a la escuela porque ya tenía demasiadas faltas y si llegaba a sentirse peor, entonces podía llamarla y ella la iría a buscar.

Dolo no vivía lejos de la escuela. En realidad, en el pueblo nada estaba lejos. Iba caminando por la segunda cuadra cuando en la esquina siguiente vio que cruzaban, también caminando, Iván Vrest y Federico Andrada. Estaban tan concentrados en lo que hablaban que ni siquiera la vieron.

Las chicas siempre llegaban antes de que sonara el timbre de entrada, así hablaban un ratito y se ponían al tanto de las noticias que podía haber desde que se habían despedido la tarde o la noche anterior. Pero esta vez Dolo había salido tarde y llegaba tarde. Mejor. Ya las veía con sus celulares sonando como cataratitas cuando entraran los mensajes que seguro les enviaban Iván Vrest y Federico Andrada y Nicolás Pezzuti y todos esos. Ya las veía alborotadas como palomas tratando de contarle todo, todo, con lujo de detalles. Ya las veía matándose por imponer su versión de las cosas: no, pará nena, no fue así, escuchá, Dolo. Ya las veía luchando como esos dragones de komodo que había visto en el Discovery Channel y que tanta impresión le habían causado que no se le iban de la cabeza. Dragones de komodo, cada uno tratando de ser el único en comerse a ese otro dragón muerto y podrido. Ya las veía como esos dragones de komodo, peleándose por cada una de las miradas de Iván Vrest. Mejor. Aunque se moría por saber qué habían hecho, por qué no habían vuelto a pasar por la plaza. Mejor. Mejor que llegaba tarde. Mejor.

6.

Sonó el timbre. Formaron y entraron al salón. Dolo las miraba todo el tiempo esperando que ellas, a su vez, la miraran para hacerles alguna seña, para preguntarles, aunque estuvieran lejos, marcando bien los movimientos de la boca y sin emitir sonido: ¿qué–pa–só–con–I–ván–Vrest?

Lara y Vic se sentaban un poco más atrás que Dolo, en la hilera de al lado. Jazmín, también en la hilera de al lado pero a la altura de Dolo. Dolo le preguntó muy bajito qué había pasado con Iván Vrest. Por qué no habían vuelto a pasar. Jazmín le hizo señas de que se callara porque acababa de entrar la profesora Adriana y Dolo pudo leerle los labios: des-pués-te-cuen-to.

Mientras la profesora Adriana, la de Naturales, acomodaba sus cosas en el escritorio, Jazmín le pasó un papelito a Dolo y le hizo señas de que venía de atrás.

En la mitad superior del papel estaba escrito con marcador rojo:

¡¡¡¡ OJO con lo que hacés CHANCHI !!!!

Y en la mitad inferior había un dibujo de un cerdito colgando de un árbol, como en los dibujos del ahorcado que jugaban a veces en la hora de Sociales. El cerdito tenía un collar de perlas, así que no era cerdito sino cerdita.

Dolo miró para atrás. Todos estaban ocupados en algo. Miró a Jazmín. Jazmín le dijo que se lo había pasado Ángela. Sin que Dolo se lo pidiera, Jazmín se dio vuelta y le preguntó a Ángela quién se lo había pasado. Ángela le dijo que Andrés.

–¿Tiene muchas ganas de seguir hablando señorita Bardi? –le dijo la profesora a Jazmín.

Todos los de octavo coincidían en que la profesora Adriana era lo más parecido a una tarántula que jamás habían conocido. La mitad del salón ya iba derecho a diciembre. La otra mitad temblaba.

–Pase, entonces, Bardi.

–No, profesora. Es que... –Jazmín revolvía entre sus cosas con la misma desesperación con la que los perros cavan un pozo en la tierra. Por fin encontró el cuaderno de comunicaciones y se lo alcanzó a la profesora Adriana–. Traje una nota de mi mamá.

La profesora después de leer la nota de la mamá de Jazmín escribió una enérgica respuesta. Enérgica porque todo el salón podía ver cómo apretaba la birome y su cuerpo, rígido, se sacudía al compás de la escritura firme y decidida. Al final hizo un garabato, sacó su sello de la cartuchera y lo estampó sobre el garabato como si le clavara un puñal. Le devolvió a Jazmín el cuaderno de comunicaciones sin mirarla.

–Bien –dijo, estudiando la lista de asistencia para elegir al condenado.

Antes de que fuera demasiado tarde, Lara se levantó y con el cuaderno de comunicaciones en mano salió para el escritorio. No alcanzó a llegar cuando se levantó Vic, también con su cuaderno de comunicaciones. Las dos le dijeron algo en voz muy baja a la profesora Adriana.

–¡Ah, pero qué bien! ¡Parece que hoy es el día internacional de la excusa! ¡Vayan a sentarse!

Esta vez la profesora Adriana no escribió nada en los cuadernos de Vic y de Lara, los dejó uno arriba del otro en una punta del escritorio. Se paró, los brazos atrás, las manos agarradas sobre la espalda. La misma postura que cuando cantaba el himno. Ahí se quedó una eternidad, mordiéndose los labios y mirando sus botas de gamuza, mientras se balanceaba apoyando taco y punta, taco y punta, taco y punta.

Al final salió de ese estado. Dolo tuvo la misma sensación que cuando uno nada mucho mucho por debajo del agua y al final saca la cabeza. Aparece de golpe en otro lugar. La profesora Adriana había estado nadando mucho mucho vaya a saber dónde. Y de golpe sacó la cabeza y dijo:

–Supongo, Sagasti, que no estudió.

Sagasti bajó los ojos y se plegó como un bandoneón. Significaba que no.

–¿Hernández?... ¿Marátegui?... ¿Díaz?

Seguro que las chicas se habían puesto de acuerdo anoche. Con todo eso de Iván Vrest ninguna había podido estudiar. Dolo estaba segura de que la idea de la nota en el cuaderno de comunicaciones había sido de Vic. Las cosas siempre se le ocurrían a Vic.

–¿Peralta?

Dolo se sobresaltó. "Peralta" era ella. Dolores Peralta.

Dobló por la mitad el papel con la cerdita que le habían dibujado. Y después lo dobló en cuatro y lo siguió doblando y doblando.

–¿Peralta, estudió sí o no?

No podía quedar otra vez como una *nerd*. Dolo bajó la cabeza igual que Sagasti y dijo:

–No, profesora.

No dio ninguna excusa. No dijo: no pude porque estuve enferma o no pude porque tuve que viajar o porque mi abuela estuvo internada. La cabeza le quedó en blanco. Todo el esfuerzo estuvo puesto en decir esas dos palabras: *no, profesora.*

Sintió un calor que le subía por el estómago y la boca se le empezó a poner agria. Se le llenaba de saliva. Tragaba y volvía a llenársele de saliva. Estaba por vomitar. Cuando le pasaba esto se sentía como un bicho sacando su pequeña lengüita millones de veces. Así tenía que hacer para tragar la cantidad de saliva que le ponía agria la boca. Se quedó quieta. A veces después de tragar mucha saliva el calor de la panza iba desapareciendo. También podía pedir permiso para ir al baño, pero a la profesora Adriana no le iba a caer nada bien. Además, no podía hablar. Tenía que mantenerse muy quieta. Si hacía el esfuerzo de hablar, aunque fuera solo un *profesora, puedo ir baño*, ya no podría dominar el vómito.

Dolo no siguió escuchando a la profesora Adriana. Sintió que se aflojaba. Estaba transpirando. El calor de su estómago subió, a pesar de su esfuerzo, como la lava de un volcán. Se paró. Le diría a la profesora que no aguantaba más, que tenía que ir al baño. Llegó a la mitad del salón con todas las miradas clavadas en su espalda, porque parece que la profesora Adriana estaba hablando y seguramente ella la estaba interrumpiendo, así, sin decirle nada. Entonces abrió la boca para decirle *necesito ir al baño*, pero no le salió ni una palabra. Vomitó ahí, en el medio del salón.

7.

Cuando la madre de Dolo la fue a buscar, Dolo estaba en la cocina, con la portera, sentada en una silla contra la pared y con la mochila al lado, lista para retirarse.

–Esperá un poquito, todavía me siento mal.

Estaban en el recreo. Todos los de su año pasaban por la cocina y espiaban por los vidrios de la puerta.

Cuando sonó el timbre y todos entraron a clase y el patio quedó vacío, entonces Dolo dijo:

–Ya estoy mejor. ¿Vamos?

La mamá de Dolo había ido en el auto. Tenían que hacer un recorrido que Dolo no hacía nunca cuando iba caminando. Dieron la vuelta a la escuela para tomar la calle que era mano en dirección a su casa. De esa manera pasaban por la esquina de la casa de la Nana. Justo ahí, en la esquina, la mamá de Dolo vio a un chico sentado en el cordón de la vereda al lado de una bicicleta rota.

–¿No es Ramón?

Dolo se asomó por la ventanilla. Sí, era Esper.

–No pares, má. Tengo ganas de vomitar otra vez.

–Es. Es Ramón. ¡Ay, mi Dios! ¿Lo habrán atropellado?

–Vamos a casa, má.

–¡Dolores, por favor!

–En serio, má, no pares, no doy más.

Esper se dio cuenta de que era el auto de la mamá de Dolo. Agitó el brazo como para que siguiera y luego levantó el pulgar para decirle que estaba todo *ok*.

Cristina paró igual.

–¿Estás bien, Ramón?

–Sí –dijo Esper–. Todo bien.

–¿Y la bici?

–No sé –dijo Esper–. Me parece que la chocó un auto. La dejé en la calle.

–¿No te dijo la Nana que la subieras a la vereda?

–Sí, mil veces –sonrió Esper, que no tenía ninguna gana de sonreír pero quería que la mamá de Dolo se fuera de una vez.

–Pero ¿estás bien?

–Bárbaro –dijo Esper sin levantarse del cordón.

Dolo estaba recostada en el asiento. De afuera nadie podía verla. Parecía que la mamá de Dolo iba sola en el auto. Ni siquiera Esper la había visto.

8.

*H*oy es lunes 17 de julio.

Esper cerró con llave la puerta de su habitación, puso el grabador en el piso y se arrodilló frente al Hombre de los pies-murciélago.

Esta mañana cuando iba para la escuela me pararon los mismos de siempre. Nicolás Pezzuti dijo que tenían que cumplir "órdenes de arriba" y todos se largaron a reír. Después, cuando pararon de reírse, Nicolás Pezzuti dijo que tenían que empezar con la "operación martillo".

La luz roja en el pequeño grabador señalaba que cada una de las heridas palabras de Esper estaban siendo registradas.

Cada uno sacó un martillo de su mochilla y empezaron a martillar mi bici hasta que no sirvió más. Cuando se cansaron de martillar, el Gonza Domínguez metió la mano en el bolsillo del jean y me mostró plata.

Esper levantó la vista. El Hombre de los pies-murciélago lo estaba mirando. Esper continuó:

Dijo que habían hecho una colecta para que yo pudiera arreglar mi bici pero que antes yo tenía que hacer "algo", y me dijo que ya me llegarían instrucciones, o indicaciones, o algo así.

El Hombre de los pies-murciélago escuchaba cómo la voz quebrada de Esper se iba metiendo en el pequeño grabador.

No quería llorar, pero igual no pude aguantarme y me puse a llorar como un tarado. Las ruedas no giraban y además estaban todas torcidas. Arrastré la bici hasta la esquina de la casa de la Nana y me senté en el cordón a pensar qué hacer. En eso pasó Cristina en el auto. Le hice señas de que estaba todo bien para que siguiera. Cristina paró igual. Ni me levanté para que no se diera cuenta de que había estado llorando y puse la mejor cara que me salió. Le mentí sobre la bici. Me parece que me creyó.

Esper suspiró para aflojar el llanto y volvió a mirar al Hombre de los pies-murciélago para ver si tenía algo que decirle. Pero el Hombre de los pies-murciélago lo escuchaba en silencio.

Cuando se fue Cristina, arrastré la bici hasta el cuartito del fondo, cerré y escondí la llave del candado. Después voy a pensar qué le digo a la Nana. Que se la presté a alguien o que me la robaron, no sé. Si le digo que me la robaron seguro que va a querer hacer la denuncia en la comisaría. Ya voy a pensar en algo. Le dije a la Nana que no había clase por perfeccionamiento docente, que yo me había olvidado. Le dije que eran tres días de perfeccionamiento docente. La Nana dijo que era una barbaridad.

El Hombre de los pies-murciélago tampoco dijo nada cuando Esper terminó de hablar. Como un creyente que reza en el templo, Esper se quedó inmóvil y mudo, arrodillado frente a él, hasta que el ruido del *stop* del grabador, señalando que se había terminado la cinta, lo sobresaltó.

9.

Dolo se había tomado todos los tés y las gotas que su mamá le había dado desde la mañana hasta las siete de la tarde, que fue la hora en que Maca tocó el timbre. A esa hora ya se sentía mejor.

–Qué suerte que viniste, Maca. Tengo un aburrimiento mortal.

–Un ratito nada más, porque hay entrenamiento de vóley. Ya avisé que estás enferma. Mirá que el domingo jugamos, eh. No podés faltar, Dolo.

El año anterior Maca había convencido a Dolo para que entrara en el equipo de vóley del club. A Cristina, la madre de Dolo, le había parecido una idea genial. Le iba a venir bárbaro a Dolo hacer algún ejercicio. Al principio a Dolo también le había parecido bárbaro.

–¿Ya estás mejor?

–Más o menos –dijo Dolo acariciándose la panza.

Tenía que mostrarle a Maca que no había vomitado porque era una floja. Había vomitado porque lo que le pasaba era de una gravedad extrema. No había podido evitarlo. Nadie en su lugar hubiera podido evitarlo.

–¿Se rieron mucho?

–¿Quiénes?

–Ya sabés.

–Ah... no. No. Para nada. Además son unos idiotas, ni te calentés.

Dolo preguntaba por el grupo de los varones de octavo. Uno de ellos era el que le había mandado la nota. Y el resto de ese día se pasaron imitándola. Hacían arcadas y ponían los ojos para atrás. En la hora de música, Sagasti, que se había hecho el que estaba mareado, se acercó a la señorita Lucía, le agarró el portafolios, lo abrió y empezó a hacer arcadas como si le fuera a vomitar adentro.

–¿Y las chicas?

–No las vi.

–¿Pero no sabés qué pasó con Iván Vrest?

–No. ¿Qué pasó?

–No sé qué pasó. Te estoy preguntando a vos, Maca.

–Ah... No.

–¿No estuviste con Vic, ni con Lara, ni con Jazmín?

¿No te contaron qué hicieron el domingo a la tarde con Iván Vrest?

–Para nada.

–¿No te parece raro?

–¿Qué?

–¿Cómo qué, Maca? ¿Cómo van a estar con Iván Vrest y no van a contar nada? ¿No es raro?

A Maca ese embrollo de Iván Vrest y Jazmín y Lara y Nicolás Pezzuti y toda la bola la tenía sin cuidado. Lo único que la preocupaba eran las sub–16 contra las que tendrían que jugar el domingo. El partido más difícil que les podía tocar. Todos decían que era como la final por adelantado. Maca no entendía por qué las chicas le habían contado a ella, que le importaba un pito, y no le habían contado nada a la pobre Dolo, que se moría por saber.

–¿Pero no te dijeron nada nada? ¿Ni un comentario al pasar?

–Me hicieron jurar que no te iba a decir.

–¡¿Qué?!

–¿Me jurás que no les vas a decir que te conté?

–Te lo juro.

–Nada –dijo Maca–. Parece que están planeando algo grosso para Esper.

–¿Quiénes?

–Los de noveno.

–¿Y por qué no me lo quieren contar?

Maca se encogió de hombros.

–Dicen que le podés avisar.

–¿A Esper? ¿Cómo pueden pensar que yo le...?

Dolo estaba indignada. ¿Qué se pensaban que era? ¿Una buchona? Además qué le importaba Esper a ella. ¡Lo único que faltaba! ¡Que pensaran que ella tenía algo que ver con Esper! Nada que ver. Nada que ver. ¿Cómo podían pensar que ella era como el idiota de Esper? ¡Qué bronca le daba que la pusieran del mismo lado que él!

Un rato después de que Maca se fuera, sonó el celular de Dolo. Un mensaje. "Las chicas", pensó.

Ggggluaaa, perdón, vomité.

—¡Idiotas!

El celular siguió sonando, pero Dolo no volvió a leer los mensajes. Al final lo apagó.

10.

Ese domingo pasaron toda la tarde en la casa de Iván Vrest. Sus padres habían viajado y volvían a la noche.

Iván Vrest tenía una casa enorme con pileta y una hilera de reposeras blancas, como en las casas que aparecen en las revistas, una al lado de la otra en el *solarium*. Aunque era julio, el agua estaba limpia.

Como había un sol espectacular decidieron quedarse en el *solarium*. Iván le pidió a Jazmín que lo acompañara al quincho y lo ayudara a preparar el mate. Los chicos se despatarraron en las reposeras blancas. Lara también. Vic se sentó en la punta de la reposera de

Lara. Federico se fue. Dijo que tenía que hacer algo y volvía enseguida.

–No sé si se imaginan para qué queremos hablar con ustedes, ¿entendés? –dijo Nicolás Pezzuti.

–Ni ahí –le contestó Lara.

Era absolutamente mentira. Lara se imaginaba para qué querían hablar con ellas y se imaginaba mucho más todavía. Y si bien era cierto que ella estaba loca por Iván, como lo estaban todas, si lo miraba bien, Nicolás estaba bastante fuerte.

Lara se estiró en la reposera y cruzó los brazos detrás la cabeza. Enfocó la cara hacia el cielo para tomar sol. Tenía los ojos apretados porque realmente quemaba. Este verano sin falta se compraría unos anteojos.

Vic no estaba tan distendida como Lara. Si su mamá se enteraba de que estaban solos en la casa de Iván Vrest, la mataba. La madre de Vic no era como la de Lara. Igual, no era eso lo que la mantenía tensa. Tenía el celular y Dolo había quedado de campana. Era Jazmín. Cómo podían tardar tanto para preparar el mate. Por qué no salían de ese quincho.

–¿Y? –le preguntó Lara a Nicolás siempre enfocada hacia el cielo, con los ojos cerrados.

–Mejor esperemos a Iván –dijo el Gonza desde la reposera donde estaba tumbado.

Sí, a Vic también le parecía buena idea esperar a Iván. Por qué no salían. ¿Estaban inventando la yerba? ¿Y Jazmín? ¿Esa era su amiga? ¿O no sabía perfectamente Jazmín que ella estaba muerta por Iván? ¿Por qué le hacía esto? No podía creer que fuera tan traidora.

–¿Y el viaje? –preguntó Lara–. ¿Tienen todo listo para el campamento?

–Casi... –le contestó Nicolás.

Lara seguía tumbada al lado de Nicolás y le hablaba sin mirarlo. Se hacía la que tomaba sol y hablaba sin poner demasiado interés en la charla. Como si hablara al pasar. Como si hablara con cualquiera. Pero todos sus movimientos estaban calculados y aunque no abriera los ojos podía sentir perfectamente la mirada de Nicolás. Ahora que lo pensaba, Nico le gustaba cada vez más. Tenía esos ojos...

–¿Cómo casi? ¿Qué les falta?

–Ahí está la madre de Dorrego –dijo el Gonza.

–Del *borrego* –lo corrigió Vic.

–¿Qué? ¿No me digan que no les alcanza la plata? –dijo Lara sentándose en la reposera.

–No, loca. Nada que ver, entendés.

A Lara, la forma tan dulce en que Nicolás le dijo *loca* la desarmó.

–Mejor esperemos a que vuelva Iván –volvió a decir el Gonza y enseguida se rió–. ¡Si vuelve! Parece que el boludo se colgó con tu amiguita –le dijo a Vic.

Vic estaba furiosa. No quería quedarse en ese lugar ni un minuto más. Tampoco podía irse así, sin decir nada. Tenía que pensar algo, alguna excusa. Miró el reloj. Y se quedó en blanco. Estaba tan nerviosa que no se le cruzaba ni una miserable pavada por la cabeza. No era mucho lo que tenía que pensar. Una pavada para salir del paso, nada más. Pero ni eso.

–¿Qué? –le preguntó Nicolás cuando la vio mirando el reloj–. ¿Te tenés que ir?

–Ni ahí –se adelantó Lara–. No se tiene que ir a ninguna parte, ¿no, Vic?

–¡Por fin! –le gritó el Gonza a Iván, que venía con el termo y el mate.

Jazmín venía un poco más atrás, Ivan la tenía de la mano como si la arrastrara.

Jazmín era alta y morocha. Todas las chicas le envidiaban las tetas. De las de octavo, era a la que más le habían crecido.

Vic clavó la mirada en las manos agarradas y enseguida buscó los ojos de Jazmín. Jazmín levantó los hombros como si algo inexplicable y sorprendente le hubiera caído del cielo.

Iván miró a Vic y le guiñó un ojo.

–Dame el mate –dijo el Gonza–, yo cebo.

En eso volvió Federico.

–Llegás justo, recién empezamos el mate –dijo el Gonza.

Federico se sentó en la punta de la reposera de Lara, al lado de Vic. Iván corrió otra de las reposeras hasta quedar de frente a los chicos y de espaldas a la pileta. Jazmín se sentó al lado del Gonza Domínguez.

–¡Vamos de una! –empezó a hablar Iván–. La mano viene que tenemos un moco que arreglar y necesitamos que nos ayuden.

–¿Nosotras? –dijo Lara, que no podía creer que ellos, los de noveno y no cualquiera de noveno sino nada menos que los de la barra de Iván Vrest, les estuvieran pidiendo ayuda a ellas.

–Según de qué se trate –dijo Vic masticando bronca.

–¡Ah, no, loca! –la miró fijo Iván Vrest–. Así, no. Los amigos están o están. Sin condiciones. Así de corta.

Sabía que era lindo. Sabía cómo mirar. Sabía cómo hablar. Sabía qué ropa ponerse. Sabía cómo sentarse, cómo caminar. Tenía una seguridad que volvía invisibles a todos los demás.

–Yo estoy –se apuró a decir Lara–. Sin condiciones.

–Yo también –dijo Jazmín.

–¡Momento! –interrumpió Federico–. Antes tienen que jurar que no le van a decir nada a la gordita esa.

–¿Qué gordita? –preguntó Vic–. ¿Dolo?

–Sí –dijo Federico–, ni una palabra.

–¿Y qué tiene que ver Dolo?

–Que es medio pariente de Esper.

–¿Y?

–Y que el plan –dijo Iván Vrest– es eliminar a Esper.

No se trabó al hablar. Ni apuró la frase. No. Fue largando las palabras con un tono calmo y desafiante. Dijo que el plan era eliminar a Esper mientras, una por una, las fue mirando directamente a los ojos, a las tres.

11.

Ese mismo lunes a la noche entró un *mail* en la casilla de correo de Esper. En el asunto, con mayúsculas, decía: INSTRUCCIONES.

En realidad entraron cuatro *mails*. El primero decía INSTRUCCIONES, dos eran *spam* y el otro, que decía "Hugo", era el de su madre.

Esper detuvo la flecha del *mouse* en el primero. Estuvo una eternidad con la mirada fija en el asunto. Finalmente, movió la flecha hacia abajo y eliminó los dos *spam*. Abrió el de su madre.

Ya sabía de qué se trataba porque había estado hablando con ella el domingo.

Ceci, la madre de Esper, estaba empeñada en que Esper fuera al viaje que organizaba la escuela, un campamento en Mendoza. Desde principio de año había estado hablando y hablando para convencerlo. Esper no quería. Ese viaje no le despertaba ningún entusiasmo.

La madre de Esper no se cansaba de repetirle que tenía que hacer un esfuerzo por integrarse a su grupo, que el campamento era un recuerdo imborrable y que ella hablaba por experiencia. La primera vez que el colegio organizó un campamento fue cuando ella estaba en quinto. Había estado en todos los preparativos y al final no había podido ir. Lo decía así, sin decir nada más. Solo que no había podido ir. Nunca hablaba del por qué no había podido ir. Nunca decía que un mes antes de que se fueran de viaje había saltado la noticia de que ella estaba embarazada de cuatro meses. Y menos que menos hablaba del escándalo que se había armado en todo el pueblo y de que la habían echado del colegio y que por eso no había podido ir al viaje. No. Llegaba hasta ahí, hasta que "no había podido ir al viaje".

Esper conocía su propia historia. Antes, cuando era más chico le había hecho muchas preguntas a la Nana y, cuando venía a visitarlo, también a su mamá.

Cada vez que su madre había sacado el tema del viaje, él esperaba que agregase una frase más. Algo como *en lugar del viaje llegaste vos y me alegraste la vida.* Pero no, hasta ahora nunca había agregado una frase más. Así que Esper empezaba a sentirse realmente culpable por haberle arruinado el campamento a su madre.

A Esper el viaje le importaba un pepino. Lo único que deseaba de verdad era irse del pueblo. Sacando a la Nana no se sentía bien con nadie. Ni siquiera con Dolo. El único motivo que hacía que cada mañana se levantara para ir al colegio era saber que a fin de año terminaría noveno y que se iría a vivir a Rosario con su madre. Ella se lo había prometido. *Cuando termines noveno, prometido.*

Las promesas de su madre nunca habían sido muy confiables. Aunque ahora estaba cambiada. A Esper le parecía que ahora estaba bastante más confiable. El domingo, por ejemplo, había cumplido todo lo que había prometido. No es que lo hiciera a propósito pero las cosas casi nunca salían como ella decía. Sin embargo, ese domingo habían ido a almorzar al lugar que le había prometido a Esper y después habían ido a ver la película que Esper había elegido. No eran grandes cosas, pero Esper las valoraba enormemente.

Habían ido a una cantina que estaba cerca del departamento de Ceci. Ahí preparaban las milanesas más grandes que Esper había visto en toda su vida. Eran más grandes que el plato. A Esper le encantaba recortar todo el volado de milanesa que sobresalía. Tenía que concentrarse mucho porque había que cortarlo prácticamente en el aire. Encima de la milanesa venía una torre de papas fritas y arriba, un huevo frito.

–Tengo que hablarte de algo muy importante –le dijo Ceci mientras Esper recortaba el borde de la milanesa.

Estaba contenta. Siempre estaba contenta la madre de Esper. Era de esas personas que siempre estaban de buen humor. Pero ese día estaba más que contenta. Esper pensó que iba a volver sobre el tema del campamento.

–¿Te acordás de ese chico del que hablé? ¿El de la moto?

–Sí. ¿Se murió?

–No, Ramón. No se murió. Se llama Hugo. Me invitó a salir.

–¿Y?

–Y salimos. Bahh… –dudó–. Bueno. Sí, salimos.

–¿Y?

–Y que quiero que lo conozcas, Ramón. ¡Es tan divino! ¡Estoy tan feliz! ¡Tan enamorada! Ya vas a ver, Ramón, te va a encantar.

Esper no interrumpió la delicada tarea de recortar la milanesa para que le quedara de igual tamaño que el plato; ni siquiera levantó la vista. Ya la había escuchado a su madre decir lo mismo millones de veces.

A Esper siempre le había fascinado hablar con ella. Cada vez que volvía al pueblo en colectivo después de visitarla los domingos, se sentaba en el último asiento para no molestar y le hablaba a su grabador tratando de recuperar cada palabra de todo lo que había charlado durante el día. Ceci lo trataba más como a un hermano menor que como a un hijo.

No le alcanzarían los dedos de las manos, como decía la Nana, para contar las veces que su madre había estado enamoradísima. Pero no le duraban los novios. No tenía suerte, decía ella. Lo que más le molestaba a Esper era tener que compartir un domingo con algún novio que su madre quería presentarle. Pero lo bueno era que al domingo siguiente o a más tardar al otro, ya había desaparecido.

Si Esper preguntaba, por ejemplo, "¿Y Miguel, Ceci?" (Esper no le decía "mamá", siempre la había llamado por su nombre), entonces Ceci le contestaba cortito. "Ya fue."

Esper la pasaba realmente bien con su madre y no veía la hora de irse a vivir con ella.

Hubo un período que se quedó grabado en el corazón de Esper como un período negro. Esper no pensaba nunca en él. Era una nube oscura y nada más.

Cuando Ceci quedó embarazada tuvo que dejar el colegio y cuando Esper nació estuvo solo unos pocos meses con él, los que necesitó para terminar el secundario en la escuela nocturna. Después se fue a Rosario a estudiar abogacía y Esper quedó al cuidado de la Nana.

Esper no volvió a ver a su madre hasta que empezó primer grado. Vaya a saber por qué a Ceci se le habrá ocurrido caer ese día porque nunca había aparecido ni para los cumpleaños, ni para las fiestas, ni navidad, ni año nuevo, ni nada. Nunca en seis años Esper había visto a su madre.

No sufrió su ausencia porque estaba la Nana. Para Esper, la Nana había sido su madre aunque siempre hubiera sabido acerca de Ceci. Las veces que necesitó saber algo, no hubo mentiras, siempre tuvo respuestas verdaderas. Aunque Esper se daba cuenta de que hablar de Ceci le resultaba doloroso a la Nana. La única vez que había preguntado por su padre, la Nana le había dicho que era un músico. Que no podía decirle más porque no sabía más que eso. Que era un músico y que se había ido. Esper no tenía muchos amigos. Dolo era su amiga más cercana.

Cuando Ceci volvió, volvió para irse otra vez. Así que para Esper, su madre, que era una ausencia lejana con la que no tenía mayores conflictos, se convirtió en una ausencia cercana. Ahora su ausencia se notaba más. Se notaba en los actos de la escuela, en los cumpleaños. La notaban sus compañeros. Sabían, porque la habían visto, que Esper tenía una madre que siempre estaba ausente.

Fue entonces cuando comenzó a formarse la nube oscura. Sus compañeros empezaron desparramar todo tipo de versiones acerca del por qué su madre estaba ausente. Se encontraba con papelitos en su cartuchera y notas en su mochila. "La madre de Ramón está presa." "La madre de Ramón es trola." Eso había sido en quinto grado. "Tu mamá no va a venir al acto porque trabaja en un brostíbulo." Esper, que ya era Esper, había visto a Federico Andrada escribir la nota en su cuaderno durante el recreo.

Estaba furioso. No sabía qué quería decir "brostíbulo". Más tarde cuando llegara a su casa iba a buscar "brostíbulo" en el diccionario y no lo iba a encontrar. Pero en ese momento no tuvo ninguna duda de que no sería nada lindo. Tan lleno de bronca estaba que no pudo esperar la hora de salida, ni siquiera el próximo recreo. Enfrentó a Federico Andrada justo cuando todos entraban al salón.

–¿Qué? ¿No lo sabías? –le dijo Federico Andrada.

Ni él mismo imaginó que iba a reaccionar así. Sacó

un golpe que sorprendió a Federico y lo dejó tumbado en el suelo.

En ese preciso instante entraba la señorita.

–No sé, se volvió loco –dijo Federico en la Dirección. Me pegó así porque sí.

Y eso era lo que todos habían visto, incluso la señorita: que de repente Esper le pegó una piña a Federico y punto.

Esper no dijo nada en su defensa. Ni se le ocurría mostrar la nota en el cuaderno. No dijo nada de nada. Ni siquiera contestó a las preguntas de la directora. Se quedó mudo. Federico Andrada volvió al aula y Esper se quedó en la Dirección hasta la hora de salida.

A la salida, Federico Andrada y sus amigos le dieron a Esper la paliza de su vida. Por buchón, le dijeron.

Esa fue la última vez que Esper reaccionó a alguna agresión. Esa vez entendió, no con el razonamiento, entendió de una manera que no sabía explicar, de la misma manera en que entendía que a la Nana le resultaba doloroso hablar de Ceci. No podía explicar por qué lo sabía, ni en qué se basaba para pensar así, pero estaba seguro. Y esa vez estuvo seguro de que para sobrevivir tenía que pasar desapercibido, si es que eso era posible. No enfrentar. Dejarse llevar por la corriente. Borrarse.

Esper ya había terminado de recortar el sobrante de milanesa y ahora cortaba un pedazo de pan para mojar en la yema tibia del huevo, que estaba en lo más alto de la torre de papas fritas.

–Te voy a mandar una foto por *mail*. Ya vas a ver la pinta que tiene.

–¿No era que se estaba por morir? –preguntó Esper al mismo tiempo que masticaba la miga teñida de amarillo–. ¿Qué?, ¿resucitó?

–Ay, sí, Ramón. Parece un milagro –dijo Ceci.

Ceci era enfermera de terapia intensiva en un sanatorio. Había abandonado abogacía al poquito tiempo de haber ingresado. No le gustaba. Después de andar sin rumbo durante varios años y de intentar decenas de carreras y cursos, finalmente se había recibido de enfermera. Este chico del que le hablaba a Esper había llegado prácticamente muerto al sanatorio después de haber tenido un accidente con su moto. Y Ceci hacía más de cuatro meses que lo cuidaba.

–Salimos a comer un sándwich a la cafetería del sanatorio –dijo Ceci muerta de risa.

–Genial.

–Si todo sigue así de bien –dijo, cruzando los dedos de las dos manos–, cuando termine la rehabilitación piensa venir a vivir conmigo.

Esper sintió que el piso de la cantina se rajaba como en un terremoto. Se apuró a hablar justo en el momento en que tragaba el pan mojado en huevo frito, y se ahogó. Se puso rojo.

–¡Ramón!

–¿Cómo a vivir con vos? ¿Dónde? ¡Si no hay lugar...!

–Ya vamos a encontrar una solución, no te preocupes tanto. ¿Te di la plata para la cuota del viaje, no?

Esper definitivamente se hundió en el piso rajado de la cantina. Destruido. Cómo podía tener tanta mala suerte. Si el idiota ese resucitado se iba a vivir con su mamá, no habría lugar para él. El departamento que alquilaba Ceci era de un solo dormitorio y tan amplio como un *placard*.

Abrió el archivo adjunto que le enviaba su madre en el *mail* y apareció Hugo, el resucitado, posando en una moto que Esper no sabía distinguir pero, por la cara que ponía el idiota resucitado, debía de ser una moto importante.

Esper miró la foto unos segundos y movió el *mouse* hacia el ícono de "eliminar". Después subió al mensaje que decía "INSTRUCCIONES" en el asunto y lo abrió.

12.

Cuando la Nana conoció a Esper, él tenía los ojos cerrados. No podía abrirlos. La Nana no sabía bien cuánto tiempo había estado Esper con los ojos cerrados. Pero había sido mucho. Después, cuando por fin los abrió, no podía manterlos abiertos. O no quería. Los abría y los cerraba. Apenas nació, Esper no quería mirar.

Ceci siempre había mirado rápido. Para Ceci la vida era demasiado corta. Apurada. No podía detenerse mucho a mirar. Ni mucho ni poco. Siempre había sido así Ceci.

La Nana, en cambio, sí sabía mirar. Se tomaba el tiempo para mirar. De a poco la Nana le había ido enseñando a Esper cómo había que hacer para abrir los ojos, mantenerlos abiertos y mirar.

Esper hubiera preferido seguir con los ojos cerrados. Pero confió en la Nana y abrió los ojos y miró.

La Nana trató de llenarle el mundo con todos los colores y los sonidos y los aromas que más amaba. Los que le parecían más bellos. Los que a ella la habían hecho feliz. "Mirá, Ramón, olé esta ramita." Y Esper, que recién empezaba a caminar, agarraba la ramita del limonero en flor que le alcanzaba la Nana y aspiraba el aroma con un gesto exagerado.

Cuando la directora del jardín al que iba Esper la llamó y le mostró los dibujos que había hecho su nieto, la Nana sintió que había estado equivocada. Que había sido un terrible error el haberle enseñado cómo abrir los ojos y cómo mirar.

Eran dibujos negros. Totalmente negros. Todos los dibujos que había hecho Esper durante los meses de clase eran dibujos de un hombre negro. Un hombre con cuerpo negro, con piernas negras, con brazos negros, cabeza negra. En la cara no se distinguía nada. Ni ojos, ni boca, ni nariz. Era un borrón negro. Y en todos los dibujos, el hombre negro tenía alitas en los pies.

13.

¿Eliminar a Esper? A Vic le sonó una enormidad. ¿Eliminar? Idiota. ¿Quién se pensaba que era? ¿Rambo? ¿Qué era *eliminar*? ¿Se podía *eliminar* a Esper así de fácil como si fuera un mensaje en el celu? Si hubiera tenido el coraje de reírse, lo mejor hubiera sido una buena carcajada. Pero miró a las chicas y escuchaban serias como si lo que les estuviera diciendo Iván fuera lo más normal del mundo. Además, no tenía el coraje como para reírse de Iván Vrest. Y tampoco había que exagerar. ¿O quién era ella para defender a Esper? Nada menos que a Esper. Si no tuviese tanta bronca porque el idiota de Iván le había agarrado la mano a Jazmín, qué traidora, tal vez también le hubiera sonado como lo más normal del mundo. El que por suerte alivianó el clima fue el Gonza Domínguez.

–Bueno, loco. Tampoco estamos diciendo que hay que eliminarlo del campeonato. Más vale que pierda dos o tres fechas, ¿no?

Todos se rieron.

–Es un *looser* –aportó Iván–. Mi viejo me dice siempre: los perdedores afuera. ¡Fuera bicho!

–Salvo –dijo Federico Andrada– que a alguna de ustedes le guste Esper...

Todos volvieron a reírse y el clima se distendió por completo.

Iván empezó por explicarles a las chicas que, como podían imaginarse, era un verdadero bajón que Esper fuera al campamento. De ninguna manera podían permitirlo.

–Pensá que te toca en la misma carpa, entendés –dijo Nicolás–. ¿Qué hacés, loco? ¿Subís hasta la punta de un cerro y te tirás de cabeza?

–¿Te imaginás a Esper haciendo *rafting*? –se rió el Gonza.

–Se pondría el casco en el culo –dijo Federico.

–Eso no sería nada –interrumpió Iván cuando ya todos estaban rojos de risa–. Seguro que el muy boludo se ahoga y tenemos que desperdiciar la semana del viaje buscándolo por el fondo del río.

Siguieron un buen rato imaginando ese tipo de situaciones y riéndose a carcajadas. El agua del mate se había terminado y esta vez fue el Gonza a calentar más.

Jazmín, que compartía la reposera con él, aprovechó para acostarse.

Iván siguió primero el movimiento de Jazmín y después miró a Vic, que justo en ese instante lo estaba mirando a él.

—Tenemos un plan —dijo Nicolás—. Un plan A, entendés.

—Para mí hay que cagarlo a palos —dijo Federico.

—¡Qué bueno! ¡Un plan A! —se entusiasmó Lara—. ¡Suena genial, como de peli!

Jazmín escuchaba en silencio. Aunque lo más probable es que no escuchara en absoluto, que su cabeza recorriera los momentos anteriores, volviendo cuidadosamente sobre sus pasos hasta llegar de nuevo al lugar de partida, cuando Iván Vrest le pidió que lo acompañara a preparar el mate.

Todo parecía suspendido en el aire. Ellas flotaban en el aire. Esa escena, ellas con Iván Vrest y Nicolás y Federico y el Gonza. Miles de veces habían soñado con esa situación. Un millón de veces la habían imaginado siempre distinta pero siempre igual. Y ahora la estaban viviendo. Era increíble. No tenía la menor importancia de qué hablaran. Podían hablar de Esper, del tiempo, de un beso o de una profesora, daba lo mismo. Lo importante era que estaban ahí, flotando. Lo importante era que ese sueño no se interrumpiera. Tenían que dejarse llevar, tenían que seguir flotando en las palabras de Iván y de Federico y de Nicolás y del Gonza. Flotar en las palabras-balsas. Solo flotar sin pensar si las palabras-balsas las llevarían a alguna parte, si tocarían alguna tierra. No. Solo flotar.

–¿Y nosotras qué tenemos que ver con el plan A? –preguntó Vic.

Jazmín la miró como para matarla. ¿Siempre tenía que hacerse la inteligente? ¿Por qué no flotaba Vic como Lara y como ella? ¿Qué pretendía?

–¡Ay, qué bollo! –dijo Lara–. ¡Plan A! ¡Plan B!

–¡Uy, sí, loca, un bollo bárbaro! –le contestó Nicolás. A y B. Re complicado. Entendés.

–Bueno –se hizo la ofendida Lara–. Si me vas a gastar, no ayudo un carajo y me voy.

–¿Y de qué se trata el plan A? –preguntó Vic.

En eso volvió el Gonza con el termo lleno.

–Ahí está la madre de Dorrego –dijo el Gonza, y Vic ya no volvió a corregirlo–. Tenemos algunas ideas pero ninguna nos calza.

–Hay que recagarlo bien a palos y a la mierda. Qué plan ni plan. Para mí... –dijo Federico.

–Tenemos la idea, entendés –lo interrumpió Nicolás, nos faltan las boludeces, entendés –dijo.

–¿Y? ¿Cuál sería la idea? –siguió insistiendo Vic.

–Y,.. Las ideas son un toco, entendés...

–La cosa es así –dijo Iván–. La idea es quebrar a Esper.

–¡¿Quebrar a Esper?! –gritó Jazmín como si le hubiera causado gracia.

–¿Me dejás hablar? –le clavó la mirada Iván.

Jazmín se petrificó.

–Queremos que el boludo se quiebre, que no role más con la idea de ir al campamento –dijo Iván, y la miró a Jazmín como si a ella le diera más trabajo que a los demás entender lo que decía.

–¿Y el plan B? –preguntó Vic.

–El plan B es darle con un caño.

–¡No ven que al final tengo razón! –saltó Federico–. ¡Hay que cagarlo a palos! Lo que yo digo.

–Se va a cagar solo, entendés. Dos o tres que le hagamos y se caga en las patas el muy boludo –dijo Nicolás.

–Todavía tenemos tres meses.

–Si para septiembre el boludo no aflojó...

–¡Lo recagamos bien a palos y a la lona! –gritó Federico.

–¿Y si no queremos ayudar? –preguntó Vic. El corazón se le había acelerado. Sabía que estaba provocando. Se le cruzó la imagen del domador metiendo la cabeza en las fauces del león.

Los corazones de Lara y Jazmín también se aceleraron. Vic las había puesto al borde del precipicio. Estaban a punto de perderlo todo.

Iván hizo un gesto que repetía permanentemente: se despeinó los pelos de la nuca. Y con toda la seguridad de quien se sabe ganador, le contestó a Vic sin mirarla, mirando a Jazmín, en realidad:

–No hay drama, nena. Buscamos ayuda en otra parte.

¿En otra parte? La última frase de Iván a Lara le voló la cabeza. ¿En otra parte eran las taradas de noveno? No. No podían quedarse afuera. No podían dejar escapar esta oportunidad. Si Vic y Jazmín eran taradas no era culpa de ella. Ella no. Ella ni loca iba a permitir que Iván las declarara muertas. Porque eso iba a pasar.

Si ellas se abrían, para Iván pasarían a estar muertas. Además, ¿una vez que las habían elegido a ellas les iban a dejar el camino libre a las taradas de noveno?

–Contá conmigo –dijo Lara.

–Y conmigo –dijo Jazmín.

–Está bien –dijo Vic, que por un momento también tuvo miedo de la reacción que podían llegar a provocar sus propias palabras.

Una vez que estuvieron de acuerdo, Iván les explicó en qué consistía el primer paso del plan A. Dijo que se llamaba "operación martillo". A Lara siguió causándole gracia, porque todo eso le seguía sonando como de película.

Después de contarle minuciosamente cómo iban a hacer para destrozarle la bici a Esper y cómo le enviarían instrucciones para completar este primer ataque, Nicolás dijo que por ahí tenían suerte y Esper abandonaba rápido la idea de ir al viaje, pero que no podían confiarse. Dijo que lo mejor era poner un día y una hora para volver a encontrarse y planificar los pasos siguientes.

Federico Andrada agregó que además sería bueno que para el próximo encuentro ellas también aportaran ideas. Y el Gonza les recordó que ni ahí podían decirle nada a la gordita esa, amiga de ellas.

Quedaron en encontrarse el miércoles otra vez en casa de Iván.

14.

–¿Espero? –preguntó Dolo.

–¿Qué?

–La contestación. Si espero la contestación. ¿Le vas a mandar contestación?

Jazmín le había pedido a Dolo que en el recreo le llevara una carta a Martín donde le decía que lo de ellos ya se había terminado, que ella se había enamorado de otro pero que igual podían seguir siendo amigos.

–¡Ah, sí! –dijo Martín–. ¡Decile a esa pendeja que se vaya la mierda!

–Más pendejo serás vos, nene –dijo Dolo en defensa de Jazmín–. Para que sepas, ella anda con uno de noveno.

–¡Ahggg! –Martín se agarró la panza–. ¡Me parece que voy a vomi... ggluaa...!

–¡Estúpido!

Dolo se puso roja de bronca. Maca le había mentido. Todos los estúpidos de octavo se habían estado riendo ella.

–Ay, no existe, Dolo –le dijo Jazmín–. No te hagas drama. Ese estúpido no existe.

Entró un mensaje en el celular de Jazmín justo cuando sonaba el timbre del final del recreo. Jazmín lo leyó y puso el celular en vibrador para entrar a clase.

–¡Otra vez sopa! –le dijo a Dolo.

–¿Martín?

–Sí. ¿Me hacés un favor más, Dolita? –habían empezado a caminar hacia el salón–. ¿No le vas a decir al estúpido ese que digo yo que no me mande más mensajes?

–¿Yo? ¿No te dije lo que me hizo?

–¡Ay, dale! ¿Para qué somos amigas, Dolo?

Entraron a clase y cuando salieron al segundo recreo Dolo fue directamente hasta donde estaba Martín y le dijo:

–Dice Jazmín que no le mandes más mensajes.

Cuando volvió a la ronda de las chicas, todas se quedaron calladas de golpe.

–¿Qué? –preguntó Dolo.

–Nah –dijo Vic.

–¿Qué pasa? ¿De qué hablaban que se callaron de golpe? –preguntó Dolo.

–No...

–De nada... –dijo Lara.

–Nada –dijo Jazmín–. ¿Le dijiste?

Dolo sintió un frío desde la cabeza hasta los pies. Muchas veces sentía eso. Hacía unas horas, cuando Martín se había reído de ella, había sentido lo mismo. De golpe se había dado cuenta. Tenían que hablar de algo que ella no podía escuchar, por eso le había pedido el favor Jazmín: para que ella no escuchara.

Sabía de qué estaban hablando. Hablaban del miércoles, estaba segura. Dolo sabía porque Maca se lo había dicho. El miércoles se iban a reunir de nuevo en la casa de Iván Vrest. Pero le había jurado a Maca que no le diría a nadie que ella se lo había contado.

–Sí. Le dije.

En ese momento, vaya a saber por qué, a Dolo se le cruzó por la cabeza la imagen de Simón, el gato Simón, e hizo una mueca de sonrisa.

–Qué te vas a poner el sábado –le preguntó Jazmín a Lara, cambiando de tema.

–El *jean* nuevo y no sé. Tengo una remera negra, pero no sé...

–¿La de la flor de brillitos?

–Sí, ¿y vos?

–¡Ay! Yo ni idea...

–Yo creo que la mini chocolate.

–Te queda total.

Simón había cruzado como un rayo dorado por la cabeza de Dolo y no había vuelto a aparecer. Dolo metió las manos en los bolsillos del guardapolvo. Pensó que debería dar media vuelta e irse de ahí. Irse a hablar con Maca o al baño o al salón. Pensó que debería dar media vuelta e irse. Pero no pudo. Empujó con sus puños el fondo de los bolsillos y se quedó en la ronda que habían formado sus amigas. No quería. Por nada del mundo quería salirse de la ronda.

15.

Simón era un gato amarillo que Dolo tenía cuando era chica. Era el gato más cariñoso y más inteligente del mundo. Dolo lo amaba.

Dolo, su mamá Cristina y su papá Hernán eran vecinos de la Nana. Vivían en la casa de enfrente. Cuando Dolo tenía tres años, su papá se enfermó de cáncer de páncreas y murió a los cinco meses. A Cristina, que no tenía trabajo, no le alcanzaba la plata para seguir pagando el alquiler, así que la Nana les alquiló, a ella y a Dolo, una habitación en su casa.

La Nana vivía sola con Esper, que en aquel entonces tenía cuatro años.

Dolo y Esper crecieron juntos, y para Dolo, la Nana era como su abuela.

Habían sido muy duros los primeros meses en casa de la Nana. Dolo era muy gorda cuando era chiquita. Y desde que su papá había muerto se pasaba el día comiendo y comiendo. Se había puesto malhumorada y caprichosa. Pero la mayor parte del tiempo se había vuelto sombría.

A la semana de estar viviendo en la casa de la Nana, la Nana llegó con una sorpresa para Dolo. Para Dolo y para Esper. A Dolo esa imagen le quedó tan grabada en la memoria que durante mucho tiempo pensó que su madre había sacado una foto de aquel momento y que por eso ella lo recordaba con tanta claridad. Pero no. Cristina no había sacado ninguna foto.

Era un domingo, habían terminado de almorzar cuando la Nana llegó con una caja de cartón. Los dos se habían apurado para abrirla. En el fondo había dos gatitos bebés. Uno gris y otro color miel.

"Yo quiero el amarillo", dijo Dolo y eligió a Simón. Esper se quedó con Nano. Le puso Nano porque se lo había regalado su abuela.

Ese fue uno de los días más felices que Dolo recuerda haber tenido. Desde aquel momento Dolo y Simón se volvieron inseparables. En realidad, los cuatro eran inseparables. Dolo, Simón, Esper y Nano.

El juego preferido era correr carreras con Simón y con Nano. Los sentaban en unos camiones de juguete que tenía Esper. Cada uno agarraba la soguita de su camión y lo arrastraba lo más rápido posible. A veces, si el circuito tenía curvas muy cerradas, Nano se pegaba un revolcón y se negaba a volver a subir. Simón en cambio se sentaba en su camión rojo, Dolo casi siempre elegía el camión rojo, como si hubiera nacido solo para eso.

Después, cuando crecieron se pusieron demasiado gordos y grandes como para subirse a los camiones de juguete. Pero ella y Esper siempre estaban inventando juegos nuevos.

A Simón le encantaba jugar a la rayuela. Cuando Dolo tiraba la piedrita en el casillero del uno, al salir de la Tierra, Simón se apuraba y cruzaba la rayuela a toda velocidad para esperar a Dolo en el Cielo. Ahí se quedaba mirado fijo a Dolo como si en realidad la estuviera guiando con los ojos para que no se equivocara.

A los ocho, Dolo se mudó a otra casa junto con su mamá y Simón. Y al poco tiempo, un camión rojo atropelló a Simón y lo mató.

Si Dolo había tenido momentos de felicidad, eran los que había pasado con Simón. Siempre se había sentido diferente a los demás, a sus amigas. Todo el tiempo se estaba esforzando para que la aceptaran y la quisieran. Pero muchas veces Dolo sentía que esa esperanza era inútil. Siempre iba a ser la gorda Dolo. Y la gorda Dolo que veían los demás les impedía ver a la verdadera Dolo. La Dolo que sí conocía Simón. No tenía que esforzarse con Simón. Cada vez que lo abrazaba y lo acariciaba, Dolo se sentía en el cielo, aunque ya no estuviera jugando a la rayuela.

16.

Esper abrió el *mail*. Eran solo dos líneas.

1) El martes a la una en punto en el baño de hombres del gimnasio.
2) Detrás del inodoro del segundo baño vas a encontrar un sobre con más instrucciones.

El gimnasio era el gimnasio del Club. El único del pueblo. Era donde a veces hacían algunas clases de educación física y donde se jugaban todos los torneos de básquet y de vóley porque tenía la única cancha cubierta.

Para llegar a los baños había que cruzar el gimnasio.

Esper llegó a la una menos cinco y cruzó el gimnasio vacío hacia los baños. No había nadie. Era todo silencio. Solo se escuchaba el murmullo de la gente que jugaba a las cartas en el bar.

Se apuró a entrar al baño de hombres. Buscaría rápido el sobre y se iría volando de ahí. El baño, también vacío. Se metió en el segundo *box* y se agachó para ver si detrás del inodoro estaba el sobre con las instrucciones. En ese momento sintió un tremendo empujón que le hizo dar la cabeza contra la pared del fondo y la nariz empezó a sangrarle casi de inmediato.

Lo que siguió fue rápido. Le vendaron los ojos y le inmovilizaron los brazos. Esper no alcanzaba a ver quiénes eran, ni cuántos. Tampoco hacía falta. No hicieron ni un solo ruido. Se escuchaban risas ahogadas y algún *ssshhh*, nada más.

En un minuto lo dejaron completamente desnudo y desaparecieron llevándose toda la ropa.

Esper se sentó un momento sobre la tapa del inodoro. No reaccionaba. Podía sentir la sangre que le mojaba la boca y le caía sobre el pecho, pero no reaccionaba. Recién después de unos minutos se dio cuenta de que la venda que le habían atado estaba tan apretada que le estaba lastimando los ojos y se la sacó.

En la puerta del *box* le habían dejado una advertencia:

Al viaje no vas

En el piso había varios billetes de diez abollados.

Agarró papel higiénico y se limpió la sangre de las manos, de la cara, del pecho. Se puso dos tapones de papel en los agujeros de la nariz, pero se los tuvo que cambiar enseguida porque la sangre no paraba. Recién a la cuarta vez de cambiarse los tapones de papel, el sangrado empezó a aflojar.

Esper se quedó así, sentado sobre la tapa del inodoro, la cabeza inclinada hacia atrás, apoyada contra la pared que lo habían golpeado. Desnudo. Los brazos abiertos como sosteniendo las paredes laterales. Cada tanto un escalofrío le sacudía el cuerpo.

Después de una eternidad de estar en esa posición, cuando por fin dejó de sangrarle la nariz, Esper, sin bajar demasiado la cabeza, levantó del piso uno de los billetes. Lo puso sobre su muslo desnudo y lo fue estirando con las dos manos para un lado y para el otro, con una lentitud desesperante, como si no tuviera que hacer nada más que eso por el resto de su vida. Cuando el billete quedó liso se agachó y levantó otro.

Estaba alisando el tercer billete cuando oyó ruidos en el gimnasio. Miró la hora. Por suerte no le habían sacado el reloj.

Aunque a Esper le pareció que hacía mil años que estaba encerrado, recién era la una y cuarto. En el gimnasio estaban las chicas de vóley practicando para el torneo del domingo.

Esper trabó la puerta del *box* y subió las piernas para que nadie pudiera verlo desde afuera y empezó a temblar. Cada tanto se estremecía como si lo atravesara una corriente eléctrica.

Se quedó sentado sobre la tapa del inodoro abrazándose las piernas encogidas y cuando se quiso acordar los billetes que le habían tirado los chicos estaban otra vez hechos un bollo en su puño apretado.

Ni siquiera debería haberlos levantado del piso. Pero cómo iba a arreglar la bici, con qué plata. No podía pedirle a la Nana y menos a Ceci. Odiaba esos billetes sucios. Los odiaba. Los odiaba con toda su alma. *Al viaje no vas*. Como si a él le interesara ir a ese viaje. Si había algo que odiaba era ese viaje.

Afuera, en el gimnasio, las chicas seguían practicando. Esper estaba atento a cada ruido con la desesperación de que alguien pudiera entrar y encontrarlo desnudo. Qué diría. Nada. No podría decir nada. ¿Y si volvían? Esper se acordó de la paliza que le habían dado en quinto grado. Tembló otra vez. Se abrazó fuerte las piernas y apoyó la cabeza sobre las rodillas para descansar un poco. Estaba helado. A qué hora terminaría el entrenamiento. De todas maneras tendría que esperar a que se hiciera de noche. No podía salir así. Tampoco podía esperar hasta muy tarde porque cerrarían las puertas del gimnasio y ya no podría salir. Si tuviera un celular, como la mayoría de los chicos. Pero igual, a quién llamaría. A Dolo, tal vez.

Esper oyó pasos y voces que se acercaban al baño. Alguien había entrado. No respiró. Se puso tenso y casi no respiró. Era el profesor de vóley. Esper lo escuchaba silbar mientras orinaba en el mingitorio. Por suerte no se había acercado a los *boxes* donde estaban los inodoros. Recién cuando escuchó que el silbido se fue alejando aflojó las piernas, las dejó caer y apoyó los pies en el piso de baldosas frías.

Era martes, la Nana tenía reunión de Biblioteca. A las ocho y media tenía la reunión de Biblioteca. Si no llegaba a su casa antes de las ocho y media la Nana se iba a preocupar. ¿Y si salía a buscarlo? No. Mejor no pensar. No.

Esper volvió a ovillarse sobre la tapa del inodoro y volvió a apoyar la cabeza sobre las rodillas. Cerró los ojos. Si cerraba los ojos el mundo dejaba de existir. Cerró los ojos y trató de no pensar mientras oía cómo retumbaban los pelotazos y los gritos de las chicas afuera, en el gimnasio. Pelotazos, silbatos, gritos, pelotazos, silbatos, gritos, pelotazos, silbatos, gritos. De a poco, todo ese ruido de afuera se convirtió en una música que lo fue adormeciendo.

Cuando Esper se despertó, el baño estaba completamente a oscuras y ya no se escuchaba ni un solo ruido.

Estiró las piernas. Se puso de pie. Y se quedó ahí parado frente a la puerta cerrada sin animarse a salir. Qué hora sería. Tendría que encender la luz del baño para poder mirar la hora. Se frotó los brazos fríos y temblando destrabó la puerta del *box*. Se asomó. El baño estaba vacío. Salió. Encendió la luz. Miró la hora. Las siete. Se vio en el espejo. La cara sucia de sangre seca, el pecho manchado también de sangre, la nariz taponada. Si la Nana llegaba a verlo así se moría.

Apagó la luz y salió corriendo. No pensar. No tenía que pensar. Cubriéndose apenas con una mano abierta adelante y la otra atrás, cerrada, apretando los billetes, corrió. Salió corriendo del gimnasio y corrió las tres cuadras hasta llegar a su casa sin mirar para ningún lado. No vio a nadie. No vio nada. No vio autos ni gente. No vio ni pensó. Corrió.

Cuando llegó a su casa, al lado de la puerta de entrada estaba su ropa. Se vistió, entró a su casa, se metió a su cuarto y cerró la puerta con llave.

–¿Sos vos, Ramón? –gritó la Nana desde la cocina cuando oyó el portazo.

–Sí –contestó Esper.

–Mirá que hoy cenamos temprano, ¿te acordás de que tengo reunión, no?

–Sí –dijo Esper–. En un minuto estoy.

–¿Todo bien, Ramón? –siguió hablándole la Nana desde la cocina, mientras preparaba la cena.

–Todo bien –dijo Esper.

Se desplomó frente al Hombre de los pies-murciélago y se largó a llorar. Quiso contarle lo que había pasado, pero el llanto le trababa las palabras.

–Ya está –le dijo el Hombre de los pies-murciélago–. Está bien. Ahora está todo bien.

Esper seguía llorando.

–Sacate los tapones de la nariz, lavate la cara y las manos y andá a comer –le ordenó el Hombre de los pies-murciélago.

Esper no podía dejar de llorar.

–Vamos –le dijo el Hombre de los pies-murciélago.

Esper lloraba.

–Vamos –volvió a decir el Hombre de los pies-murciélago–. Ya pasó.

17.

El miércoles llovía. Después de varios días de un calor impensable en pleno julio y de una humedad que comprimía el aire, había refrescado y llovía.

Durante el segundo recreo, que era el recreo largo, los chicos habían jugado a sacarse fotos con los celulares. Los celulares estaban prohibidos en la escuela. Si la preceptora los llegaba a pescar, iban a tener que dejarlos en secretaría hasta la hora de salir. Y lo que era peor, seguro deberían firmar el libros de amonestaciones.

Nicolás le había tomado varias fotos a Dolo, Lara, Jazmín y Vic. Las cuatro con la lengua afuera. Dolo, con su celular le había sacado a Iván, a Jazmín y a Lara. A Lara y a Nico. Lara le había sacado a Federico, a Iván, al Gonza, a Nico, a Dolo, a Jazmín y a Vic. Todos amontonados en un ramillete de cabezas haciendo muecas. Vic sola, tirando un beso. De a dos. Nico, el Gonza y Lara, los tres con caras de malos. Los cuatro varones. Las chicas muertas de risa. Iván besando a Jazmín. Lara besando a Nico. El Gonza besando a Dolo. Una prenda. De a poco todo había ido derivando en un juego. Una de las chicas le hacía una pregunta a uno de los varones. Si la respondía mal, prenda. Y al revés. Cuál es la fórmula del fosfato de calcio. Prenda. Federico besa a Lara. Foto del beso. En qué año fue la Revolución Francesa. Prenda. Dolo besa a Iván. Foto. Estaban muertos de risa. Excitados. Todos. Nerviosos. Los gritos, los aplausos y el alboroto que armaban ante cada prenda era cada vez mayor. Se había largado a llover con fuerza y el ruido del agua que golpeaba el techo de chapa del patio cubierto obligaba a los chicos a gritar cada vez más. Dónde está la glándula pituitaria. Prenda. Jazmín besa al Gonza. Estaban tan enchufados en el juego fotográfico que no vieron venir a la preceptora. Terminaron todos en Secretaría más tentados de la risa que antes.

–Mañana por la mañana… –dijo la preceptora.

–Te espero, Juana, a tomar el té –la interrumpió el Gonza. La preceptora se llamaba Juana.

Aguantaron la carcajada lo más que pudieron. Pero la preceptora los miró con una cara de asco que les pareció muy graciosa y primero Federico y después

Dolo y Nico, todos fueron largando las carcajadas, aunque contenidas. Estaban rojos. Vic se había ahogado y, además de reírse, tosía.

Se daban cuenta de que parecían unos tontos. Y eso les causaba gracia. Cualquier gesto, cualquier palabra que dijera la preceptora, hacía que se rieran más todavía. No podían evitarlo.

La preceptora, furiosa, los dejó solos en la Secretaría hasta que se calmaran. A través del vidrio la vieron volver con el libro de amonestaciones. Todos tuvieron que dejar sus celulares hasta que tocara el timbre de salida.

18.

.

Al mediodía llovía torrencialmente. El domingo habían quedado en que se reunirían en su casa el miércoles y no habían vuelto a hablar del tema. Pero con esa lluvia era imposible. Seguro iban a tener que poner otro día de reunión.

¿Y si no queremos ayudar? Las palabras de Vic habían vuelto una y otra vez a la cabeza de Iván. En realidad, más que las palabras, era la mirada desafiante de Vic la que le había destrozado la cabeza a Iván.

El domingo a la noche no se había podido concentrar en la tarea de Psicología. Si la actividad psíquica estaba en el inconsciente, como decía Freud, entonces su inconsciente estaba completamente aplastado por Vic.

Vic era distinta. No era como las demás. No era como Jazmín, por ejemplo. A Jazmín no había tenido que decirle nada. Lo estaba esperando. Jazmín tenía un cartel luminoso en la cara: *¡Besame! ¡Partime la boca!* Pero Vic no tenía carteles que le anunciaran qué estaba pensando, qué estaba sintiendo. Era más difícil. Y tan linda…

Tenía que hacer algo que le sacudiera el piso, que la desarmara. Pensó en escribirle una carta. A las chicas les gustaban las cartas. O las poesías. Ninguna de las dos era su fuerte. Pero buscó algunas cartas que le habían escrito a él y sacó las partes que podían servirle. El resto lo fue redondeando con mucha dificultad.

La poesía era propia.

Cuando terminó eran casi las tres de la mañana y estaba agotado. Decidió que al otro día la pasaría, más prolija, a otra hoja y se la daría el miércoles cuando se volvieran a reunir.

Recién entonces se pudo dormir, y soñó con Vic.

El miércoles apenas terminó de almorzar, Iván subió a su cuarto y se puso a bajar las fotos de su celular a la computadora. En segundos la pantalla se llenó de millones de píxeles de la nariz de Vic. Millones de los ojos de Vic. Píxeles de la boca de Vic. Vic llenó la pantalla de la computadora de Iván. Vic tirándole un beso. El beso que en realidad les había tirado a las chicas. Iván lo había recuperado para él y ahora estaba como fondo de pantalla.

Se quedó prendido a los labios de Vic, que parecían estar soplándole suavemente en sus ojos. Los cerró. Por un momento cerró los ojos y le pareció sentir el aliento cálido de Vic sobre sus párpados.

19.

Habían quedado a la dos y media en casa de Iván.

Eran las dos y cuarto, cuando Lara, Vic y Jazmín, mojadas, porque habían ido caminando bajo la lluvia, tocaron el timbre en la casa de los Vrest.

–¿Está Iván? –le preguntó Jazmín a la señora Vrest.

La señora Vrest se quedó sosteniendo la puerta abierta mientras miraba a las tres chicas con los pelos pegados a la cara.

–¡Chicas, están empapadas! ¡Qué les pasó!

–Nada –dijo Lara–. ¿Iván está?

–Pasen –dijo la señora Vrest.

–No –dijo Vic–. Mejor lo esperamos acá.

–¡Qué divertidas! –dijo la señora Vrest y volvió a mirarlas de arriba abajo–. ¡Ya les traigo toallas! ¡Pasen!

–No –dijo Vic–. No hace falta.

–¡Susana! –gritó la señora Vrest–. ¡Traé unas toallas para las chicas y decile a Iván que baje!

La señora Vrest volvió a mirar a las chicas y sonrió.

–Iván ya viene, chicas –dijo, y las dejó a las tres solas mojándole el piso de madera entarugada.

La señora Vrest era hermosa igual que Iván. Era menuda y delgada. Rubia, igual que Iván. Y siempre tenía cortes de pelo modernos. Era profesora de inglés, pero no trabajaba de eso. Hacía algunas traducciones para una editorial de Buenos Aires más que nada para no perder el *trainning*. No necesitaba el dinero. El señor Vrest era el dueño de la aceitera más grande de la región.

Sonó el celular de Lara.

–Es Dolo –dijo, y lo apagó.

Vic y Jazmín también apagaron los suyos antes de que Dolo las llamara. En eso llegó Susana con tres toallas blancas y perfumadas.

–Dice Iván que lo esperen en el quincho, que ya va para allá y que les pregunte si quieren bizcochos o medialunas.

–No, nada –dijo Vic.

–Medialunas –dijo Lara al mismo tiempo.

El quincho era grande como un departamento. Apenas habían terminado de sentarse frente a la enorme mesa de lapacho cuando entró Iván.

–¡Qué día de mierda! ¡Pensé que no iban a venir con este día de mierda! –cerró la puerta vidriada que daba al jardín y recién entonces las miró.

Tenía un *jean* gastado, con agujeros, y un buzo con capucha celeste pálido que hacía que los ojos resaltaran como dos señales luminosas.

–¿Qué cuentan? –se sacudió el pelo mojado como hacen los perros.

–Nada –dijo Jazmín–, hablábamos del cumple de quince de Irene.

–¿Vas a ir? –preguntó Lara.

–No. No puedo, loca. El domingo me voy a esquiar con mis viejos y mi hermanito –dijo poniendo cara de *qué le vas a hacer.*

El cumpleaños de Irene era el segundo sábado de las vacaciones de invierno.

–Ah... –dijo Jazmín.

–Mi viejo es fan del esquí, además aprovecha para encontrarse con amigos. Yo hace dos temporadas que hago *snowboard*. Tiene más onda. Todas las temporadas nos juntamos con los Almeida da Souza, unos brasileños. Un grosso, Almeida da Souza. Está repodrido en guita. Mi viejo me dice siempre lo mismo: un *winner*, mirá y aprendé –dijo Iván. Hizo una pausa como si se tomara un tiempo para reflexionar, y agregó–: Hacemos una banda. La pasamos bastante bien.

Vic no hablaba. El domingo anterior se había sentido incómoda y ahora le pasaba lo mismo. Cada vez que iba a decir algo se arrepentía a último momento, le parecía una estupidez. Además Iván la miraba. La ponía nerviosa que la mirara. ¿Se daba cuenta Jazmín de que Iván la miraba? ¿Y qué miraba Iván si andaba con Jazmín? ¿O no andaba? La había besado. Jazmín contó que el domingo Iván Vrest la había besado.

–Igual voy a estar mensajeando –dijo Iván–. Y podemos chatear todas las noches.

–¿Para saber del cumple? –preguntó Vic.

–¡Qué cumple! ¡Me chupa un huevo el cumple! –dijo Iván–. ¡Por el plan, nena! Para ver cómo marcha el plan.

Vic se arrepintió de haber abierto la boca.

Entró Susana con una bandeja llena de medialunas.

–Saladas y dulces –dijo dejándolas sobre la larga mesa de lapacho.

–Dale, boludo –Iván había llamado al celular de Nicolás–, las chicas ya llegaron. Qué *peli* ni *peli*, boludo. Venite, dale. Avisale a los chicos –dijo Iván, y cerró su celular.

–¿Querés que vaya preparando el mate? –preguntó Lara.

–Dale –dijo Iván–. Es que pensamos que se suspendía la reunión. Que con este día de mierda…

Afuera llovía cada vez más fuerte y el cielo estaba raro. Muy oscuro arriba y en la línea del horizonte, una franja blanca.

Iván puso un CD de cumbia en el equipo de música y sacó un paquete de cigarrillos que estaban escondidos en una caja de cereales.

–Me pesca mi viejo escuchando esta mierda, como dice él, y me deshereda. ¿Quieren? –les ofreció.

Las tres encendieron sus cigarrillos y los fumaron apuradas. Iván abrió una ventana lateral para que se fueran el humo y el olor.

Al poquito tiempo que llegaron los chicos, se cortó la luz. La tarde se puso realmente negra. Siguieron fumando, tomando mates y planificando, casi en la oscuridad, cómo eliminar a Esper.

Lara dijo que ella había pensado que le podían pegar chicles en el pelo.

Nico dijo que tenían que humillarlo hasta que al tipo no le quedaran ganas de pisar más la escuela.

Federico dijo que para eso lo mejor era lo que él había dicho desde el principio: cagarlo a palos.

Jazmín dijo que ella había pensado que podían pegar fotos trucadas ridiculizándolo, gastándolo. O también, las podían mandar por Internet.

La idea que más gustó fue la del Gonza. Dijo que la había visto en una película y que iban a tener que adaptarla, porque en la película todo pasaba en uno de esos comedores que tienen los colegios donde todos los chicos vienen con sus bandejitas de comida. En la película le escupían la comida al tipo. Todos. Uno por uno se la escupían y después lo obligaban a comérsela.

Iván le preguntó a Vic si se le había ocurrido alguna idea y Vic le dijo que no, que ninguna.

No había vuelto la luz y la tormenta era cada vez más amenazante.

–Mejor nos vamos –dijo Lara.

–Yo los llevo –dijo Iván.

Sacó el auto del *garage*, y los fue dejando a cada uno

en la puerta de su casa. El Gonza, Nicolás, Lara, Jazmín. Vic estaba cada vez más nerviosa. ¿Por qué no la había dejado a ella primero? Si hubiera doblado en la primera cuadra en lugar de seguir. Solo quedaban Federico y ella. Llovía tanto que los limpiaparabrisas no daban abasto para sacar el agua. Iván dejó a Federico y Vic pensó que el estómago le pesaba quince toneladas.

–¡Uy! ¿Cómo llueve, no?

–¿Tenés un minuto? –le preguntó Iván cuando se quedaron solos en el auto.

20

Lunes, martes y miércoles Esper no había ido a la escuela. Le había inventado a la Nana todo eso del *perfeccionamiento docente.*

El miércoles a la mañana había sacado la bici del galpón y la había llevado hasta lo de Samuel, el bicicletero. Que la había chocado un auto. Eso le había dicho. La plata que le habían tirado en el baño ni siquiera le alcanzaba para pagar el arreglo.

A la vuelta, la llovizna con la que había amanecido se transformó en un chaparrón y Esper llegó a su casa empapado. Se encerró en su cuarto y se quedó todo el día jugando al Counter.

El jueves llegó a la escuela casi sobre la hora de entrada. Los últimos veinte metros los caminó junto a Jazmín, que venía a paso rápido porque llegaba tarde. Pero de golpe Jazmín se detuvo. Hizo como si se atara los cordones de las zapatillas para que Esper llegara primero a la puerta y entrara solo. Era preferible llegar tarde a que Iván y los chicos la vieran entrar junto a Esper y la gastaran el resto del día.

Apenas Esper entró al *hall* sonó el timbre de entrada. Un murmullo y un movimiento generalizado llenó la escuela como si se tratara de un hormiguero gigante. Los chicos cruzaban de un lado a otro para ubicarse en sus lugares y formar. Dos o tres chocaron a Esper y le tiraron todos los útiles al suelo. Esper se agachó y mansamente empezó a juntar sus cosas. Ni siquiera miró a quienes lo habían chocado. Era cosa de todos los días. Antes, para que no le tiraran sus cosas por el suelo, las llevaba en una mochila. Pero era peor, porque se la abrían con trinchetas. Tampoco era algo tan terrible tener que juntar las cosas del suelo.

Durante las horas de clase estuvo todo bien. Desde chico Esper había aprendido a no hacerse notar. Muchas veces le había confesado al Hombre de los pies-murciélago que él era un camaleón. Que podía ser banco, pared, pasto, ventana. Sobre todo en la escuela. Era invisible en la escuela. Era un artista en el oficio de pasar desapercibido. Nunca una opinión. Jamás una risa. Nada de movimientos bruscos. Nada. Sin embargo, lo veían. Muchas veces lo veían. Porque querían verlo. Lo buscaban. Había también buscadores de camaleones, era cierto. Tenía que estar alerta, nada más.

Casi siempre prefería no salir al recreo. Se quedaba a leer algún libro en el salón. Le gustaban las biografías. Le encantaba saber cómo eran las vidas de los otros. Las comparaba con la suya. Le permitían medir todo lo que nunca iba a hacer. O lo que sí podría. Si tal o cual con una infancia tan dura, o con las terribles experiencias, o con lo que fuera que hubiera pasado, había podido sin embargo hacer esto o aquello, por qué él no podría.

Pero tenía que estar alerta porque a veces los buscadores de camaleones entraban al salón. Entonces era más seguro estar en el patio donde, por lo general, había alguna preceptora, o podía pasar algún profesor.

Ese jueves Esper no era invisible. Los buscadores de camaleones lo seguían. En el primer recreo Esper decidió que era mejor salir con su libro al patio.

—¿Te parece bien correr en bolas por la calle? —le dijo Federico Andrada.

—¡Cochiniiiito! —se rió Iván.

—¡Deberíamos denunciarte a la policía!

La rueda que se había formado a su alrededor era inmensa. A Esper le daba la sensación de que lo rodeaba un estadio lleno. No levantó la vista de la biografía de Gandhi que estaba leyendo. Ni una sola vez levantó la vista. Aguantó hasta que sonó el timbre y el estadio se vació. Entonces todos volvieron al salón.

Cuando sonó el timbre del segundo recreo Esper salió al patio y fue al quiosco. Todos los días, durante el segundo recreo, que era a las diez cuarenta y cinco, se comía un sándwich de jamón y queso.

Se apuró, porque el quiosco siempre se llenaba. A veces tenía que esperar tanto que se le pasaba el recreo y no alcanzaba a comprar nada. Esta vez llegó primero. Mientras Zulema, la portera, le estaba cobrando, empezaron a amontonarse los chicos. También llegaron los buscadores de camaleones. Y detrás de ellos llegaron la profesora de Lengua y la de Sociales.

Esper se corrió a un costado del amontonamiento. También estaban Dolo y sus amigas. A esa hora a todo el mundo le agarraba el hambre.

–¿Me dejás probar? –le dijo Iván Vrest arrebatándole el sándwich y empujando a Esper hacia la galería que daba a los baños.

Los demás buscadores de camaleones se pusieron en círculo tapando la vista que pudieran tener las profesoras que estaban en la cola del quiosco.

Iván abrió el sándwich como si inspeccionara de qué estaba hecho y largó un grueso escupitajo sobre el jamón. Volvió a ponerle el pan y dijo:

–¿La verdad? ¡Se me fueron las ganas de comer! –le pasó el sándwich a Nicolás–. ¿Vos, Nico, tenés hambre?

Nicolás abrió el sándwich y también escupió.

–Para nada.

Esper miró por encima de los buscadores de camaleones como pidiendo auxilio. Vio a Dolo que hablaba con Maca. Las amigas de Dolo lo miraban a él. Se cruzó con la mirada de la profesora de Lengua. Le pareció que la profesora de Lengua había entendido su pedido de auxilio, porque le había sostenido la mirada como preguntándole "¿Todo bien, Ramón?". Pero Zulema, la portera, debe de haberle preguntado qué quería y la profesora de Lengua miró hacia otro lado y Esper ya no esperó más nada de nadie. Solo cerró los ojos para que el mundo desapareciera.

Nicolás le pasó el sándwich al Gonza, que había estado conteniendo el escupitajo en la boca mientras a la profe de Lengua se le había dado por mirar hacia ahí, y lo largó en medio del sándwich.

El Gonza le pasó el sándwich a Federico, Federico lo escupió y se lo devolvió a Esper.

–Mejor no te vamos a sacar la comida, porque tenés cara de hambre –le dijo.

–Comé –le ordenó Iván.

Esper se quedó apretando el sándwich mientras miraba cómo las amigas de Dolo se reían. Estaban a más de tres metros de donde estaba él. Primero pensó que se reían de otra cosa. Pero después vio que las chicas miraban a los buscadores de camaleones y se reían. Y los buscadores de camaleones las miraban reír y también se reían. Y después vio que Dolo se reía y que Maca se reía. Todos en distintos círculos disimulaban. Hacían que miraban para otra parte y se reían.

–Dale, comé –volvió a decirle Iván mientras se aseguraba la mirada del público.

–No… –dijo Esper.

–Comé.

La profesora de Lengua se acercó al círculo donde estaba Esper.

–¿Todo bien, chicos?

–De diez –le contestó Nicolás y para sacarla de ahí le dijo–: ¡Ah!, profesora, ¿puedo hablar un minuto con usted? Me quedó una duda sobre lo que dijo del discurso pelativo.

–¡A-pelativo! –se rió la profesora de Lengua, y se fue caminando con Nicolás hacia el salón.

Esper mordió un pedazo de sándwich y masticó despacio. Pasaba el bolo de pan de un lado a otro de la parte delantera de la boca. Cuando trató de tragarlo hizo una arcada. Todos se rieron. Algunos sabían de qué se trataba, otros se reían contagiados por los que se reían de Esper.

Esper cerró los ojos. Pensó en el libro de los sobrevivientes de los Andes que había leído hacía poco. Los sobrevivientes de los Andes que habían tenido que comer la carne de sus amigos. Eso era peor. Mucho peor. Mantuvo los ojos apretados. No era tan grave esto que le tocaba a él. No era nada comparado con lo que habían tenido que pasar los sobrevivientes de los Andes comiendo la carne de sus amigos. No los abrió. No abrió los ojos ni por un segundo. Se quedó en la oscuridad. Algunos habían vomitado. Algunos habían hecho arcadas antes de poder tragar ese bolo de carne que habían pasado de un lado al otro de la boca, una y otra vez. Eso sí que era grave.

21.

Esa misma noche Esper llamó a Ceci al celular.

—Ceci, no quiero ir al campamento. No voy a ir.

—Shhh... Ahora no puedo hablar, Ramón. Llamame en media hora, ¿ok?

—Okey.

Las diez y media. A las once.

Siguió el juego del Counter Strike que tenía empezado. Se desplazó por el costado del edificio en ruinas y se ubicó en un entrepiso desde donde tenía una visón privilegiada. Le voló la cabeza a tres personajes y al cuarto le destrozó las piernas con un ráfaga de ametralladora. De golpe se detuvo. No siguió avanzando hacia el ala de enfrente del edificio. Se detuvo y despegó las manos del teclado. Tenía la mirada fija en la pantalla de la computadora pero los ojos vacíos. Cada músculo de su cara se había paralizado. Estaba desconectado del afuera, toda su concentración estaba ahora enfocada en algo que se le había cruzado por la cabeza.

Apareció un cartel en la pantalla de la computadora: ¿guardar el juego? Esper lo ignoró. El cartel siguió parpadeando mientras Esper caminaba hacia su mesa de luz.

Abrió el primer cajón y sacó una vela ya usada. La puso en el piso frente al Hombre de los pies-murciélago. Que me escuche. Que me escuche. Esper se había arrodillado y, con las manos juntas, le rogaba al Hombre de los pies-murciélago. Que me escuche. Que me escuche. Que me escuche, por favor. Ayudame a que me escuche. Por favor, ayudame. Que me escuche.

Después se quedó callado por un rato largo pero siguió arrodillado, en posición de ruego, mientras la vela ardía iluminando con pinceladas blancas, efímeras, intermitentes, al Hombre de los pies-murciélago.

–¿Ceci?

–Sí, Ramón. Un ratito nada más. Estoy de guardia. No sabés. Uy, no sabés el baile que tenemos esta noche. Pero mejor ni te cuento. Qué. Qué pasa, Ramón.

–Que no voy a ir al viaje, Ceci.

–¡Ay, no digas, Ramón! Yo ahora no puedo hablar mucho pero ya me estuvo diciendo la Nana...

–¡Qué te dijo la Nana!

–Me dijo. Me llamó y me dijo.

–¡Qué!

–¡Ay, Ramón, no te hagas el tonto! Ya sabés. Que te la pasás encerrado en tu cuarto. Yo ahora no puedo hablar. Pero eso. Que te la pasás encerrado en tu cuarto todo el día con la computadora. Que faltás mucho a la escuela y todo eso, Ramón.

–Yo no voy a ir al viaje, Ceci. No quiero.

–Mirá, la semana pasada llegó un chico de tu edad con un estallido de bazo. Y se murió. Tenía tu edad, Ramón. ¡Y ya no va a poder ir a ningún campamento! ¿Entendés? ¿Vos me entendés lo que te quiero decir, no? Te lo digo rápido porque no tengo tiempo. Si tuviera más tiempo para explicarte... Pero vos entendés lo que te quiero decir. Tenés que disfrutar, Ramón. Ahora que podés tenés que disfrutar. Mirá, yo ahora no puedo hablar...

–Ceci, por favor, escuchame.

–Te estoy escuchando, Ramón. Tenés que hacer un esfuerzo. Integrarte. ¿Qué pasa? ¿Te peleaste con algún amigo?

–No, Ceci...

–Bueno, mirá, Ramón, no puedo hablar más. El domingo... ¡Ah! ¡Ya sé! Mirá lo que se me acaba de ocurrir. ¿Por qué no invitás a algún amigo y se vienen el domingo a pasear a Rosario?

–Ceci...

–Ramón, te tengo que cortar. Chaucha. Te corto porque me matan. Me matan.

22.

El domingo Dolo tocó timbre en casa de Maca.

—Ya voy —le gritó Maca desde adentro.

Maca salió enseguida y las dos se fueron caminando al gimnasio. Aunque había un sol espectacular, el frío cortaba la respiración. Iban largando nubes por la boca mientras hablaban.

—¿Viste lo de Esper?

—¿Qué?

—Lo del viernes.

—Ah, sí. ¿Lo de los chicles?

—Sí. ¿No te parece que se están yendo al carajo?

Dolo se encogió de hombros.

–Yo no me meto en la vida de los demás. Bastante tengo con la mía.

–Qué. ¿Te pasó algo?

Dolo se encogió de hombros nuevamente y apretó la boca conteniendo un amago de llanto.

–Qué.

–Nada. Nada –dijo Dolo.

Ya casi habían llegado a la puerta del gimnasio.

–Después hablamos, eh –le dijo Maca.

Dolo no le contestó.

Entraron y el entrenador repartió las camisetas. Las del otro club ya estaban en la cancha haciendo ejercicios de calentamiento.

Dolo odiaba haberse dejado convencer por Maca. Se sentía ridícula con ese culo enorme metido en el pantaloncito negro. Las otras chicas tenías piernas flacas y culos chicos. No todas eran lindas pero eran flacas.

Dolo hizo los ejercicios mínimos de calentamiento y se sentó en el banco de suplentes. Acomodó algo en el bolso. Se ató los cordones doscientas veces. Se subió y se bajó las medias otras doscientas, hasta que finalmente comenzó el partido. Un alivio. Ella no estaba en la cancha y no iba a estar. Nunca entraba. Y era un verdadero alivio saber que nadie estaba mirándola.

El primer set empezó muy peleado, pero después las chicas lograron sacar una buena diferencia. Terminaron ganando veinticinco a diecisiete.

A Maca sí la miraban. Era muy buena jugadora. Como era tan alta, los bloqueos que hacía eran prácticamente imposibles de romper.

La cancha estaba repleta. Ya habían empezado las vacaciones de invierno, así que todos los chicos estaban relajados. Las dos hinchadas gritaban a *full*. Los olé olé olá pasaban de una hinchada a otra. Estaban todos menos Iván Vrest y Federico, que se había ido a Rosario. Nicolás, el Gonza y también los más grandes, los de primero y segundo de polimodal. Dolo saludó con el brazo a Lara, a Jazmín y a Vic, que saltaban en la punta del tablón de la tribuna, olé, olé, olá.

Cristina también estaba. Y la Nana. La Nana y la madre de Dolo habían llegado cuando terminaba el primer set. Cristina le mostró a Dolo el pulgar en alto para darle ánimo. Se sentaron en una de las cabeceras de la cancha.

Era importante para Cristina que Dolo estuviera en el equipo. Decía que el ejercicio la iba a estilizar. Pero qué sabía su madre. Ella toda la vida había sido *estilizada*. Había nacido *estilizada*. Cuando las veían juntas nadie pensaba que Cristina era la madre. Era muy flaca y muy hermosa.

Dolo era una especialista en sentimientos enroscados. Casi nunca podía decir que amaba algo así, de lleno. Tampoco podía decir que odiaba así, con toda el alma. A todo lo que amaba lo odiaba un poco. Y a lo que odiaba, en el fondo siempre lo amaba de alguna manera. Claro que amaba a su madre, pero odiaba que fuera tan flaca y tan linda. Estaba orgullosa de su mamá. Estaba orgullosa y a veces la odiaba. En realidad, no era su madre a quien odiaba. Era a las miradas. Siempre era igual. Cristina atraía las miradas.

Primero a ella. Todas las miradas, desde siempre, todas las miradas iban primero a ella. Esas miradas eran amables. Las que odiaba eran las miradas que caían luego sobre ella. Las que sobraban. Miradas horribles. Pesadas. Siempre igual. Primero a su madre, luego a ella. Odiosas.

Empezó el segundo set.

Dolo se puso mirar las piernas de las chicas. Maca y ella eran las únicas de octavo en el equipo. Casi todas eran de primero de polimodal y había una de segundo. Todas flacas. Una no era tan flaca, la de segundo polimodal, pero tampoco era gorda como ella.

En un momento se largó a reír. Por lo bajo se largó a reír y se puso colorada. Miró para todos lados para saber si alguien la había visto mirarle el culo a las chicas. Qué iban a pensar.

Una de las chicas de primero, la de pelo corto, no llegó a recibir el saque. Un buen saque flotante. Recién ahí Dolo se dio cuenta de que estaban perdiendo el segundo set. No le importaba. La hinchada del otro club estaba encendida y los chicos no paraban de alentar al equipo. No le importaba. Ayer había recortado como una enloquecida una revista de Lara. A veces se asustaba ella misma de sus reacciones. Lara le había prestado una revista de modas para que eligiera un modelo de vestido para el cumple de Irene, el de quince, que era dentro de dos semanas. Menos de dos semanas. Había querido comprarse algo hecho pero no conseguía talle. No le quedaba otra que ir a lo de una modista. Pasó una página y otra y otra. Todas las modelos eran transparentes, con pantalones muy finos, pegados a las piernas como calzas. Blusas escotadas. Espaldas descubiertas. Cinturones anchos que marcaban la cintura. Nada. No podía ponerse nada de todo eso. Nada. Cómo se le había ocurrido. Por más que mirara, ni en un millón de años podía ser como esas modelos de las fotos. Pensaba que siempre iba a ser fea. Gorda y fea. Nunca nadie se iba a fijar en ella. Y menos el Gonza. Cuando reaccionó le había destrozado a tijeretazos la revista a Lara. Todas esas piernas perfectas y esos culos increíbles habían quedado reducidos a tiritas de papel.

Perdieron el segundo set. El entrenador les hablaba. Se había puesto en cuclillas y les hablaba. Todas ellas, las del equipo habían formado una ronda muy cerrada como si el entrenador les estuviera contando un secreto. El tercer set era el definitorio.

Todas estuvieron de acuerdo con lo que les dijo el entrenador, porque golpearon las palmas de sus manos, para arriba y para abajo. Vamos. Vamos. Todas las palmas de todas las manos.

–Vamos, Maca –le dijo Dolo cuando chocaron las suyas.

Por qué no había nacido con el cuerpo de Maca. Maca era linda. Flaca y linda. No tan linda como Vic o como Jazmín pero tenía personalidad. Tenía una hermosura como fuera del tiempo. Nunca tenía el corte de pelo que se usaba, ni la ropa, ni los colores. Pero tampoco estaba fuera de moda. Maca no necesitaba estar a la moda para ser linda. Personalidad. "Esa chica sí tiene personalidad", le había dicho su madre, "hace lo que le parece sin dejarse llevar por los demás, Dolita, ¿ves? No es importante lo que crean los demás. Es importante lo que uno crea. Tenés que aprender, Doli, a hacer lo que vos quieras sin pensar en los demás. Vos. Vos, mi amor, sos lo importante. Y lo que vos quieras hacer".

Lo que quería a veces era tirarse debajo del tren.

La armadora del equipo hizo un movimiento forzado para alcanzar una pelota que le pasaba la zaguera y se dobló un pie. Cayó al piso. Se detuvo el partido. Todos se amontonaron alrededor de la armadora. Iban perdiendo 22 a 23. Con ese tanto que acababa de perder la armadora quedaban 22 a 24, a un punto de perder el partido. Las dos hinchadas habían quedado en silencio. Todo el mundo tenía los ojos dramáticamente prendidos del más mínimo movimiento. El entrenador sacó a la armadora de la cancha y pidió que trajeran hielo.

–¡Dolo! –llamó el entrenador.

Dolo se había atado la campera de algodón a la cintura para que le tapara el pantaloncito negro y ya salía corriendo a buscar hielo.

–Entrás vos –le dijo el entrenador.

Dolo sintió que el techo se le caía encima.

–¿¡Yo?!

–¡Vamos, Dolo! ¡Sacate esa campera!

–¿¡La campera?! ¡No!

–¡Dale! ¡Entonces dejate la campera y entrá! ¡Vamos, Dolo! ¡Entrá!

Estaba temblando. Medio zombi caminó hasta la mesa de control para que le tomaran el número, "entra 5 por 11". La hinchada de golpe estalló. Olé, olé, olá, Doló, Doló. La hinchada estaba desesperada igual que ella. Más todavía. La hinchada estaba desesperada *por* ella. ¿Ella entraba para definir el partido? Dolo podía oler perfectamente la desesperación de la hinchada. Olé, olé, olá, Doló, Doló. Quería desprenderse el techo que le aplastaba los pulmones y no dejaba que le pasara el aire. Sonó el silbato que habilitaba el saque del otro equipo. El saque que les podía dar el punto que necesitaban para ganar el partido.

La zaguera central recibió el saque y le dio el pase a Dolo. Tenía que concentrarse. Podía hacerlo. Tenía que pensar que podía hacerlo. Un solo toque bien hecho. No era buena jugadora pero estaba desesperada. A veces la desesperación logra cosas increíbles. Uno solo. Un solo toque necesitaba. Acarició la pelota con todo su cuerpo enfocado hacia arriba y la pelota se elevó en una diagonal perfecta que encontró, en el aire, el brazo de Maca. Un remate cruzado impecable. 23 a 24. Olé, olé, olá, Macá, Macá. Las dos hinchadas gritaban como si la definición del partido dependiera de ellas. El bochinche era tan grande que apenas se escuchó el silbato del árbitro. Saque paralelo al cajón. 24 a 24. La de segundo de polimodal que estaba sacando miró los huecos del otro lado y volvió a meter un saque potente que forzó a una mala recepción y la pelota, que salió para el costado, ya no se pudo recuperar. 25 a 24. Las dos hinchadas hacían temblar el piso de la cancha. El otro entrenador pidió minuto. Dolo miró a Cristina. Estaba saltando. Todos estaban parados. Sonó el silbato. La de segundo volvió a hacer un saque fuerte. La pelota volvió. Recepcionó una zaguera lateral y le dio el pase a la armadora, Dolo. Dolo le puso una pelota perfecta a Maca, que saltó amagando un remate. Las otras armaron un bloqueo, pero Maca en lugar de rematar hizo un toque mágico, cortito, y dejó que la pelota cayera suave, muerta casi, al costado del bloqueo. 26 a 24.

La hinchada bajó a la cancha como un derrumbe de montaña. Dolo, todavía con su camperita atada a la cintura, saltaba y gritaba con el resto del equipo y con la hinchada. Vic, Lara, Jazmín. Se había abrazado con Maca y había llorado, bien, Dolita, bien hecho. Era impresionante cómo la masa de gente saltaba toda al mismo tiempo, olé, olé, olá. Dolo lloraba. Lloraba cada vez más suelta. El llanto que había empezado contenido ahora era suelto, flojo, descontrolado. Nicolás le palmeó el hombro. ¡Bien, Dolo!, le dio un beso el Gonza. Y Dolo lloraba con su camperita atada a la cintura. A veces la desesperación hacía cosas increíbles. Dolo lloraba y saltaba junto a Maca y a Vic, a Nico, a Lara. Saltaba festejando con Jazmín, con el Gonza. Todos en un solo grito. Y ella también. Ella era parte de eso. Era parte. Era una de ellos que saltaba y gritaba y lloraba.

23.

Entró un mensaje en el celular de Vic. Era de Iván.

¿La leíste?

Vic le contestó.

Sí.

El último miércoles que se habían reunido en la casa de Iván llovía a cántaros. Iván los había llevado a todos de vuelta a su casa y había dejado a Vic para el final.

—Tomá —le dijo alcanzándole un sobre.

Vic estaba demasiado nerviosa como para entender. Ella ahí, sola con Iván Vrest. En el auto de Iván mientras afuera se caía el cielo. Se quedó mirándolo.

–Es una carta –le dijo Iván.

–¿Una carta? ¿Para mí?

–Quiero que la leas cuando yo no esté. No la abras hasta que yo me vaya de vacaciones. ¿Me lo prometés?

–Sí –dijo Vic.

Vic,

Cuando leas esta carta ya voy a estar lejos. Desde que te conocí pasaste a ser una persona muy importante en mi vida. Sos muy especial. Sos distinta a las otras chicas. Y desde que te conocí no puedo dejar de pensar en vos.

Yo sé que seguramente tenés mucha bronca por lo que pasó con Jazmín. Te pido perdón. Yo creí que si me veías con Jazmín ibas a reaccionar. Pero vos seguís como si yo no existiera. Ni siquiera me mirás. Y eso me parte el corazón.

Te escribí una poesía. Espero que te guste.

Te amo como nadie te amará jamás.
Pero hubiese sido mejor no encontrarte
en el camino del amor
porque para ti no soy nada.

¿Cómo curaré mi corazón?
¿Dónde guardaré todos los besos
que tengo para darte?
¿Los tiraré al vacío?
Tus ojos son como flechas de fuego
que hieren mi corazón,
mi corazón destrozado.

Por favor, Vic, no le muestres esta carta a nadie. Es algo entre vos y yo.

Te pido que cuando yo no esté aproveches para pensar en mí y trates de darte cuenta de si algún día podrás amarme como te amo.

Me encantaría pasar todos los días que me quedan de vida junto a vos. ¿Y vos?

Te amo,
Iván.

24

Esper estaba aguardando el micro a Rosario, el mismo que tomaba cada domingo para ir a visitar a Ceci, cuando vio que se acercaba Federico Andrada. Federico lo miró dos veces, como si no lo hubiera reconocido.

—Hola —le dijo a Esper, y siguió hacia la ventanilla para comprar su pasaje.

Esper instintivamente empezó a mirar alrededor esperando que el resto de los buscadores de camaleones brotara de algún lado.

La peluquera le había tenido que cortar los mechones enteros con los chicles pegados y luego le había pasado la maquinita casi al ras. Antes, la Nana había intentado despegarle los chicles con hielo. Dejaba que el hielo enfriara el chicle unos minutos y, cuando se ponía como piedra, lo iba partiendo en pedacitos y lo sacaba. Pero no con veinte chicles. Algunos estaban muy cerca del cuero cabelludo. Era imposible sacarlos sin cortar el mechón.

–Vas a tener que ir a la peluquería, Ramón –dijo la Nana.

–No llorés, Nana, por favor.

–Lloro de bronca, Ramón. Cómo te pueden hacer una cosa así. ¿Estás seguro de que no podés reconocer a nadie? ¡A uno, Ramón! Con que hayas visto a alguno es suficiente. Porque esto, Ramón, no queda acá. Te juro que esto no queda acá. Hoy mismo voy a hablar con el director.

–No. Por favor, no llores más, Nana. Ni siquiera duele. No es nada. No hables con nadie, Nana, por favor. Van a decir que si no fue adentro de la escuela… Va a ser peor, Nana. Yo sé lo que te digo. Va a ser peor. Yo voy a la peluquería y ya está. Vos no llores.

Viajaba mucha gente a Rosario porque ya habían empezado las vacaciones de invierno. El micro iba repleto. Esper había subido entre los primeros. Como siempre, se había sentado casi al final, en la fila veintiséis. Se acomodó del lado de la ventanilla y dejó su mochila en el asiento de al lado.

Los últimos tres pasajeros en subir fueron una mujer con su hijo y Federico Andrada. Caminaban por el pasillo del micro buscando un lugar libre. La mujer encontró uno en la fila quince. Federico siguió caminando. No había más lugares. Esper sintió que se le aceleraba la sangre. Cuando Federico estuvo a un metro de la fila veintiséis, Esper sacó su mochila del asiento de al lado y la puso en el piso, entre sus pies. Federico se derrumbó al lado de Esper.

—Ufff... gracias, loco —le dijo.

—No es nada.

La sangre de Esper era un agua rápida y helada. Ríos de montaña le recorrían el cuerpo. Hilitos helados, rojos y veloces. Federico revolvía dentro de su mochila.

—La puta que lo parió —dijo bajito—. Me olvidé los auriculares.

—Si querés... —dijo Esper señalando la mochila a sus pies.

—¿Me los prestás?

Esper abrió el cierre delantero de su mochila y sacó los auriculares.

—¡Uhh! Me salvaste la vida, loco. Juega Boca. Escucho el partido y te los devuelvo.

Federico enchufó los auriculares a su mp3 y Esper se puso a mirar la ruta por la ventanilla hasta que se quedó dormido. Cuando se despertó, un rato antes de llegar a Rosario, los auriculares estaban enroscados en la manija de la mochila. Federico estaba durmiendo.

25.

Ceci le dijo que así rapado estaba divino.

–¿No querés aprovechar y teñirte de ese rubio casi blanco? ¡Te quedaría total, Ramón!

–No, Ceci, mejor no.

Ceci trabajaba desde las seis de la mañana hasta las dos de la tarde, pero había cambiado las guardias de la noche con una compañera para poder estar con Ramón durante las vacaciones.

–¿Y Hugo, Ceci?

–¿Hugo? Hugo ya fue.

Esper sintió un vértigo. Algo feliz. Como si se hubiera sacado la lotería.

–¿No te dije?

–No.

–¡Uy! ¡No sabés qué drama! Apareció la novia de toda la vida, qué sé yo. ¡Una loca de atar! No sabés, un bajón, Ramón. Pero ya fue.

Esper primero sonrió pero enseguida empezó a reírse a carcajadas.

–¿Te parece gracioso?

Le parecía genial. Otra vez el suelo volvía a ser firme, sin grietas que se lo tragaran. Las grietas se habían tragado al resucitado y lo habían sacado de su camino. Ahora podía seguir planificando irse a vivir a Rosario cuando terminara el año. Genial. Porque aunque Ceci dijera que ya iban a ver, la verdad era que tres no entraban en ese departamento y que el sueldo de Ceci, que era una miseria, no le permitiría alquilar algo mejor. Genial. Genial.

–¿Sabés que estás medio chapita vos, no?

El miércoles a la noche fueron a comer un sándwich a un bar donde había música en vivo. Jazz. Una banda de jazz. El saxofonista era un viejo amigo de Ceci y antes de que empezara el espectáculo había ido a la mesa a saludarlos.

–Ramón, te presento a Ramón –dijo Ceci haciendo gestos de presentadora de circo.

El saxofonista era Ramón "Tato" Urquijo. Todos lo conocían por "Tato".

Tato le dio un apretón de manos a Esper.

–Tocayo –le dijo.

Cuando la saludó a Ceci, Ceci le acomodó el cuello de la polera negra y le dijo:

–¡Merde!

Tato le dió un beso.

Ceci estaba radiante. Esper a veces pensaba que Ceci era una mariposa. Realmente a veces le parecía verla mover las alas como una mariposa. Y volar, liviana, burbujita, instantánea, feliz. Aunque las mariposas eran frágiles. Esper sabía que las mariposas eran frágiles. Hermosas, leves y frágiles. Cualquiera, en un segundo, podía aplastar a una mariposa. Esper también había visto a Ceci con las alas destrozadas, por eso sabía. Pero Ceci tenía una energía interminable. Y cuando Esper se descuidaba ya Ceci era de nuevo pupa y volvía a nacer y volvía a volar, liviana, burbujita, feliz.

Él no se parecía a su madre. No tenía esas ganas. Le envidiaba las ganas que ponía en vivir. Ahora la miraba deslumbrado. Lo deslumbraban los tornasoles de sus alas al moverse al compás del jazz.

El espectáculo lo aburrió a muerte. A la mitad se durmió sentado.

El viernes volvieron a escuchar a Tato. Y el miércoles siguiente. Y el viernes. La banda de Tato tocaba en ese bar todos los miércoles y viernes. Tato siempre aparecía con la misma polera negra. En realidad, todo vestido de negro. Según Ceci, la onda era demasiado *under*. Pero a Esper le caía bien Tato.

Además de ir a escuchar a la banda de Tato habían hecho algunas otras cosas un poco más divertidas.

Habían ido al cine. A Esper le encantaba ir al cine. Tres veces habían ido. Las películas no habían sido gran cosa, pero a Esper no le importaba. Más que nada le gustaba estar en el cine. Nunca se lo había dicho a nadie, pero cuando estaba en el cine, sentado en la butaca, a oscuras, con una historia que sucedía en la pantalla, cualquier historia, se sentía poderoso. Era estúpido lo que le pasaba. Por eso no se lo había dicho nunca a nadie. Pero le encantaba. Le encantaba sentirse así, poderoso.

Habían ido a un *shopping*, a comer pescado a un bodegón sobre el río, y se habían cansado de recorrer librerías de usados.

Casi se estaban terminando las vacaciones y todavía no habían hablado del campamento.

—No voy a ir, Ceci —le dijo Esper ese último sábado.

—Ah, no, no.

—No quiero ir. No me interesa.

—No escucho —dijo Ceci tapándose los oídos.

—Ceci...

—Tengo una sorpresa —dijo Ceci. Buscó una bolsa en el *placard* y se la dio.

—Qué es.

—Una sopresa. Abrila.

Esper abrió la bolsa. Era una campera térmica, de esas que usan los montañistas.

—¡Ceci! ¡Te volviste loca!

—Necesitabas una campera. Una buena campera para ir al campamento.

Esper se quedó mudo. Era una campera de marca. Debía de haberle costado más de medio sueldo. O el sueldo entero.

—Pero... Esto seguro que te costó un toco, Ceci... Yo...

–Vas a ir a ese campamento y con este abrigo, a ver, probátelo… –dijo Ceci ofreciéndole la manga para que Esper metiera el brazo–. Vas a ver. Vas a ser el más lindo del campamento.

Esper metió el brazo en la manga y se dejó abrigar por Ceci. Ceci le cerró el cierre hasta el mentón.

–Ya vas a ver.

No. No. No quería ver. Cerró los ojos. Otra vez cerró los ojos, como cada vez que se ponía nervioso. Desde chico hacía eso. La Nana le había contado que cuando nació estuvo mucho tiempo, días, con los ojos cerrados. No quería abrirlos. El mundo desaparecía mientras tenía los ojos cerrados. Lo borraba. Él lo hacía desaparecer. Y se quedaba solo, en la oscuridad. Como en el cine.

–Qué es lo que te pone tan nervioso, Ramón.

Esper se sentó en el sofá cama del *living*, con la campera de montañista puesta. No abrió los ojos. Durante un buen rato no los abrió. Ceci le hablaba pero él seguía como una lombriz o como un topo armando túneles en la oscuridad. Por qué le había hecho esto Ceci. Con esas ganas que le ponía a todo, le había hecho pedazos las pocas defensas que tenía. Cómo iba a decirle ahora que no quería ir al campamento. Cómo. Si Ceci seguramente se había endeudado hasta las orejas comprándole esa campera que no podían comprar. Para él. Para que él pusiera las ganas que no tenía. Cómo. ¿Daba un manotazo y le hacía bolsa las alas?

–Ramón…

–Nada –dijo Esper, abriendo finalmente los ojos–. Es que me parece una exageración, Ceci. Es demasiado.

–¡¡Nada es demasiadooooo!!! –cantó Ceci con ritmo de rock.

Esper siguió derrumbado en el sofá cama mientras Ceci ponía a hervir unas salchichas. La cocina se comunicaba con el *living* por un pasaplatos.

–Soy un poco colgada –reflexionó Ceci desde la cocina–, pero vos sabés cuánto te quiero, Ramón. ¿Lo sabés, no?

–Sí, mamá.

El domingo Ceci no pudo acompañar a Esper a tomar el micro porque tenía que retomar su turno en el sanatorio. Lo saludó a las seis, cuando se iba.

–Dale. Estrenate la campera, que hace mucho frío.

–Chau.

–¿Ramón?

–Qué.

–¡Merde!

Cuando subió al micro, Esper se sentó en uno de los últimos asientos. Apenas arrancó, sacó su grabador, se lo pegó a los labios y dijo:

Soy Esper. Hoy es domingo 6 de agosto. Terminaron las vacaciones de invierno.

—Yo no sé. Te juro que no sé si decirle o no.

—Si le decimos, la hacemos pelota.

—Pero si no le decimos somos unas guachas.

Maca las escuchaba en silencio. Las tres, Lara, Jazmín y Vic la habían citado en la plaza para hablar de algo importante.

—Vos sos la más amiga de Dolo. A vos qué te parece. ¿Le decimos?

El sábado anterior había sido el cumpleaños de quince de Irene. Finalmente, Dolo se había puesto una pollera, un *sweater* escote en v y una botas de caña alta. Estaba linda. En realidad, se sentía linda. Un poco linda. Por primera vez en su vida se sentía con el derecho a sentirse un poco linda. En el partido, después del partido, cuando festejaban había empezado a sentirse un poco así. Después del partido el Gonza le había dado un beso. Le había dicho "Bien hecho, Dolo", y le había dado un beso. No tenía por qué. Si no hubiera querido, no tenía por qué darle un beso. Nico la había palmeado en el hombro. Pero el Gonza le había dado un beso. El Gonza era su secreto. Nadie sabía. Ni siquiera Maca. Al principio no se había dado cuenta de que él la miraba. Que la miraba distinto. No porque fuera gorda. En realidad, no es que no se diera cuenta de que la miraba. Es que no podía creerlo. Cuando ella lo miraba mirarla tenía terror de que ocurriera algo espantoso. Cuando ella lo miraba era como si caminara al borde de un precipicio y esperara que en cualquier momento alguien la empujara al vacío. Lo miraba con miedo. Sin creer. Pero después del partido de vóley él le había dado un beso. Nadie lo había obligado. Y en el cumple de Irene. En el cumple de Irene lo habían visto todos. No era algo que ella se hubiera imaginado. Había ido directamente a hablar con ella y le había dicho que si quería ir afuera que ahí con tanto ruido no se podía ni hablar. Ni hablar. ¿El Gonza quería hablar con ella? El borde del precipicio se afinaba cada vez más. Y ella por primera vez se sentía linda. Un poco linda.

Lara le había contado a Jazmín y a Vic lo que le había dicho en secreto Nicolás. Había sido así: en el cumple de Irene estaban los tres en la barra, Nico, Fede y el Gonza...

—¿Por qué no te encarás a la gorda? —le dijo Federico al Gonza.

–¡Estás en pedo! ¿Por qué no te la encarás vos?

–Porque la gorda está con vos, boludo. ¿No ves que no te saca los ojos de encima?

El Gonza miró hacia donde estaba Dolo y Dolo lo estaba mirando.

–¡No! ¡Cómo me voy a encarar a la gorda!

–Qué, boludo. Vas, te la apretás y chau.

–¿Te parece?

–Si está regalada la loca.

Lara terminó de hacer la interpretación del diálogo y le dijo a Maca:

–Qué te parece, ¿le decimos o no?

–Viste que está tan contenta. Si le decimos, la vamos a hacer pelota… –dijo Vic.

–¿A vos te dijo algo del Gonza?

Maca sintió que le subía fuego a la garganta. Lo único que querían era saber qué había pasado entre Dolo y el Gonza.

–Para mí, el Gonza es un boludo –dijo Maca.

–Hay que decirle. Cómo le va a hacer una cosa así a Dolo… –dijo Jazmín.

–Para mí… –dijo Maca, masticando el fuego– el Gonza miente. Para mí, de verdad le pasa algo con Dolo, pero el muy boludo no tiene huevos para enfrentarse con los otros boluditos de los amiguitos. ¿No les parece?

A ninguna de las tres se le había cruzado por la cabeza esa posibilidad.

–Yo –dijo Maca–, yo no le diría nada.

–Mi nieto –dijo la Nana.

–Y quiénes le dijo que fueron los que le pegaron los chicles –le preguntó el director.

–No. No. Nadie. Él no me dijo.

–Señora –el director apoyó los codos sobre el escritorio y con las manos se sostuvo las sienes–, yo con esto no puedo hacer nada…

–Yo solo le pido que…

–Déjeme terminar –el director suspiró como si el tema que iba a abordar fuera complejo–. Voy a llamar a algunos de sus compañeros a ver qué saben… Pero si no fue dentro de la escuela… Además, ¿quiere que le diga algo? –el director siguió con tono confidente–. Deje que se arregle solo. Ya es grandecito.

La Nana se puso de pie.

–Yo solo le vengo a pedir que esté atento –le dijo la Nana, que nunca levantaba la voz–. Y además –siguió– le vengo a decir que yo –se hundió el índice en el pecho– voy a estar atenta a lo que usted hace.

El *yo* que había dicho la Nana pesaba como un muerto a los pies del director.

28.

Iván se despeinó los pelitos de la nuca. Estaba nervioso. No lo iba a reconocer, pero estaba nervioso. Vic le había mandado un mensaje. Que la pasara a buscar a las seis y media por la esquina de la casa de Dolo.

Cuando llegó a la esquina, Dolo y Vic lo estaban esperando. Vic se subió al auto. Iván siguió por esa misma calle hasta que se terminó el pueblo y se metió por un camino de tierra que no tenía salida. Ahí paró el auto. Aunque no era tan tarde, a mediados de agosto a esa hora ya empezaba a oscurecer.

Iván se puso de costado, mirándola a Vic, y se despeinó otra vez los pelitos de la nuca.

Estaba divino. Vic tenía ganas de estirarse y acariciarle ella misma los pelitos de la nuca. Ninguno de los dos había dicho ni una sola palabra. Ninguno de los dos sabía cómo empezar. Vic pensó que todo ese larguísimo silencio estaba calculado por Iván. Trató de parecer relajada.

–Qué –le dijo–. Qué me mirás.

–Cómo hacer para no mirarte.

Iván había ensayado solo frente al espejo. Había ensayado frases, miradas, sonrisas, gestos. Le gustaba el gesto de levantar las cejas cuando hablaba.

"Cómo hacer para no mirarte", le había dicho levantando las cejas. Y ese gesto hacía el enigma más desolador. "Cómo hacer para no mirarte." El mayor misterio del universo.

Iván se fue acercando a Vic de a poco, inclinando apenas la cabeza y entreabriendo la boca. Le avisaba. Iván le estaba avisando a Vic que iba a comerle los labios con un beso. Lo había ensayado mucho. Ahí iba, lentamente, con la cabeza inclinada y la boca entreabierta, para comérsela. Y Vic abrió también su boca y se dejó comer.

Durante las vacaciones en la nieve Iván había tenido una charla de hombres con su padre. Le había explicado que tenía una minita y que quería que se quedara muerta con él. Que le gustaba la minita. Del último viaje a Buenos Aires, el padre de Iván le había traído una cajita de pana azul con un anillo de plata. Y le dijo palabra por palabra lo que tenía que decirle.

–En este anillo está mi corazón. Ahora tenés mi corazón en tus manos.

Vic quedó muerta, tal como quería Iván.

—¡Buchón de mierda!

—¡No ves que no sirve para un carajo el boludo ese! Buchonearle así al director.

—¡Pajero!

El director de la escuela había llamado a Nicolás y a Federico para interrogarlos sobre el asunto de Esper.

Nada, le habían dicho. Que no sabían ni de qué se trataba. Y el director les había dicho que tuvieran cuidado porque él los estaba vigilando.

Estaban todos reunidos en el quincho de Iván Vrest. Todos sentados alrededor de la larguísima mesa de lapacho, porque habían resuelto que tenían que pasar al plan B.

Faltaban menos de dos semanas para el viaje y nada de lo que le habían hecho a Esper, ni siquiera lo de la semana anterior cuando le mearon todas las carpetas y los libros, había servido para que abandonara la idea de ir al viaje.

Jazmín estaba ofendida. Desde que Vic había empezado a salir con Iván, Jazmín estaba ofendida. Vic estaba sentada en una punta y Jazmín en la otra.

–Yo sigo pensando que hay que recagarlo a palos y se termina la historia –dijo Federico.

–¡No! –gritó Iván–. ¿Por qué no la cortás con la misma burrada? ¿No te das cuenta de que no le tienen que quedar marcas? Hay que pensar otra cosa.

Nico y Lara no estaban muy atentos a la charla. Cada tanto tiraban un dato, alguna idea. Pero estaban en otro mundo. En el de ellos dos.

–¿Y ustedes? ¿Le van a poner huevos a esto sí o no? –les dijo Iván.

–¡Pará, loco! ¿Qué te sacás así? –se enojó Nicolás–. ¡Qué te la agarrás con nosotros, boludo!

–No me la agarro con nadie. Digo –dijo Iván con la cara encendida– que si no le ponemos huevos a esto, el boludo de Esper se viene con nosotros al campamento. Clavado.

Vic miraba a Iván desde la punta de la mesa. Nunca lo había visto así de sacado.

–Hay que pensar algo grosso. No tenemos más tiempo –dijo el Gonza.

Jazmín fumaba y no le sacaba los ojos de encima a Iván. Todo el tiempo. Todo el tiempo lo estaba mirando.

Vic se daba cuenta de que la provocaba. Cómo podía mirar así a su novio. Trató de ignorarla pero no podía. Era más fuerte que ella. Y qué hacía Iván. ¿Por qué le estaba dando lugar a esas miradas? Porque se daba cuenta de que lo miraba. Bien que se daba cuenta. ¿Por qué no venía hasta donde estaba ella y le daba un beso o le tocaba el pelo, algo?

–Yo tengo una idea. Pero no sé… –dijo Nicolás–. ¿Esper tiene un gato, no?

–Nano –dijo Lara.

–Bueno. Qué tal si le linchamos al minino, entendés –dijo Nicolás, apretándose el cuello–. Lo colgamos en algún lugar secreto y le mandamos una nota.

Todos se quedaron en silencio. Pensativos. Como evaluando la idea.

–A mí gusta –dijo Federico.

Jazmín aplastó la colilla del cigarrillo y le clavó la mirada a Iván para ver qué decía.

Vic no podía creer lo que escuchaba. Con el índice de la otra mano empezó a frotarse, con un movimiento nervioso, el anillo donde tenía el corazón de Iván.

–¿No están hablando en serio, no? –preguntó.

–Es un poco pesado –dijo Lara.

Seguían en silencio.

Vic seguía frotando el corazón de Iván como si quisiera limpiarle la mugre. En ese momento, cuando el silencio de todos le pareció aturdidor, se dio cuenta de cómo venía la mano. Fue como si le hubieran sacado una venda de los ojos. Miraba a sus amigos como si no los conociera.

—¡Ustedes están locos!

—¿Ustedes? —le preguntó Iván—. ¿Qué? ¿Ya no sos más parte del grupo?

—¡Se están yendo al carajo! —dijo Vic, frotando nerviosa el corazón de Iván.

—Si te cagás…

—¡No me cago! —gritó Vic—. ¿No se dan cuenta de que lo que están diciendo es una mierda?

Todos seguían en silencio la discusión entre Iván y Vic.

Vic temblaba. Quería pensar con claridad, pero sentía que un tornado le llevaba las palabras. Cómo había llegado hasta ahí. Ahí, sin embargo, estaban sus amigos. Eran sus amigos. Jazmín era su amiga. Y estaba Iván. Iván. Y dónde había estado antes de que el tornado la tragara hasta el fondo de esta confusión. ¿De verdad era eso lo que estaban diciendo sus amigos? Entraba y salía del tornado. Porque la había pasado bien. Se había divertido. Había tocado el cielo con las manos. ¿Y ahora de golpe el viento helado de otra cosa? ¿Podía confiar en lo que le estaba pasando?

—¡Cagona! —la provocó Iván.

Le gustaba eso de Vic. Que pensara por su cuenta. Iván era de tomar riesgos. Y la actitud rebelde Vic siempre era un desafío. El desafío de doblegarla.

—El que se caga se puede ir —dijo el Gonza.

A Vic se la tragó el tornado definitivamente.

—¡Claro que me voy! —dijo dando un portazo.

Nadie se había movido de su lugar ni había abierto la boca cuando Vic volvió a entrar y desde la puerta tiró el anillo, que fue rodando de punta a punta, a lo largo de la mesa de lapacho lustrada.

–¡Ahí te devuelvo tu corazón! –le dijo a Iván–. ¡Metételo en el culo!

Iván, que estaba parado al final de la mesa, empezó a despeinarse los pelos de la nuca. Se sentó al lado de Jazmín y como al descuido se puso a jugar con el anillo.

–¡Pendejas! –dijo.

El Gonza miró la hora y dijo:

–Tengo hambre, loco. ¿Por qué no encargamos pizzas?

A todos les pareció genial.

De a poco Jazmín se fue metiendo en el juego de Iván que le había dejado el anillo ahí, como olvidado frente a ella. Mientras comían las pizzas, Jazmín siguió haciendo girar el corazón de Iván sobre la mesa de lapacho.

–Ya sé qué vamos a hacer –dijo Iván cuando volvió a sentir que tenía el control de la situación–. Lo vamos a secuestrar.

30.

Dolo tenía que convencer a Esper de que no hacía falta que lo acompañara la Nana hasta el colectivo cuando salieran de campamento a Mendoza. Que ella lo acompañaría.

Después de la discusión entre Vic e Iván, los chicos se habían reunido un par de veces más para definir los detalles del secuestro.

Todos estaban de acuerdo en que Esper iba a estar alerta y no caería en ninguna trampa con ninguno de ellos. Que tenían que buscar a alguien de quien Esper no sospechara. La única persona en quien Esper confiaba era en Dolo.

–Déjenmela a mí –había dicho el Gonza en la última reunión–. Yo la convenzo.

El plan era sencillo, pero arriesgado. Todos los movimientos tenían que estar perfectamente sincronizados porque, si no, todo el plan podía fracasar.

Uno de los campos de los Vrest estaba a unos siete kilómetros del pueblo. En ese campo no vivía nadie, había solo un galpón donde se guardaban semillas y herramientas.

La idea era que el mismo día de la partida, una hora antes de la salida del colectivo, Dolo se encontrara con Esper para llevarlo al lugar indicado. Iván y los chicos estarían esperando en el auto. Lo cargarían y lo llevarían hasta el campo. Lo dejarían encerrado en el galpón durante unas horas. Después que ellos hubieran partido a Mendoza, las chicas irían a sacarlo.

Jazmín era la encargada de escribirle la carta a Esper con lo que tendría que decir exactamente en su casa cuando su abuela lo viera volver con mochila y todo. Era sencillo y creíble. Que se había escondido porque no quería ir. Y que había falsificado el certificado médico que había mandado por intermedio de Dolo al profesor de Educación Física, donde decía que el alumno Ramón Espento no podía asistir al viaje a Mendoza por padecer de angina pultácea y fiebre.

Nicolás era el encargado de conseguir el certificado para el profesor.

Nadie salía herido y Esper no les arruinaba el campamento.

31.

La hora de partida era diez y media de la mañana del viernes primero de septiembre. Salían desde la puerta de la escuela.

Dolo pasó a buscar a Esper a las nueve. Esper estaba en la vereda sentado sobre su bolso con la campera de montañista puesta. Nano jugaba con las piernas de Esper. Cruzaba alrededor de los pies de Esper dibujando el signo de infinito, como un ocho acostado. Esper le hablaba al grabador. Cuando vio que Dolo venía hacia él, apuró una frase, apagó el aparato y lo guardó en su mochila.

–¡Guau! ¡Qué campera te mandaste!

—Ceci —dijo Esper—. Se volvió loca.

Dolo alzó a Nano. Lo puso contra su pecho y le acariciaba el suave pelo gris mientras hablaba con Esper.

—¿Y la Nana?

—Adentro.

—La saludo y vamos, ¿eh?

—Dale —dijo Esper.

Sin dejar de acariciar a Nano, que había acomodado la cabeza sobre su hombro, Dolo entró a la casa.

—¡Nana!

La Nana le dio un beso a Dolo y salió a la vereda para despedirlos. Volvió a abrazar a Esper.

—Cuidate mucho, Ramón.

—Sí, Nana. No te preocupes.

—Hablame cuando llegues.

Dolo seguía acariciando a Nano. Se sentía en el Cielo de la rayuela. Había llegado. Años de tirar piedritas que no entraban en ningún casillero. Ahora había llegado. Ahora estaba saltando en el Cielo. Porque le habían dicho a ella. La habían buscado a ella. El Gonza especialmente se lo había pedido. No era que tuviera nada contra Esper. Esper le daba lo mismo. Tampoco era que no lo quisiera. Le daba lástima Esper, siempre tan solo. Pero estaba solo porque quería. No era como ella, que tenía un grupo. Ella tenía un grupo. Le había costado mucho trabajo entrar, ser parte. Pero ahora estaba. Ahora había tirado la piedrita y estaba en el Cielo. Además no pasaba nada. A Esper no le iba a pasar nada. Unas horas de encierro y punto. Ahora su grupo dependía de ella y ella no podía defraudarlos.

La Nana se acercó a los chicos y los atrajo hacia ella en un mismo abrazo.

—Mis dos amores —dijo, y les dio un beso a cada uno.

Dolo soltó a Nano. Agarró la mochila de Esper. Esper agarró su bolso y empezaron a caminar. Cuando llegaron a la esquina, antes de doblar, se dieron vuelta y saludaron con la mano a la Nana, que seguía parada en la vereda. La Nana agitó el brazo, tiró un beso mudo y entró a la casa.

Dolo y Esper caminaron una cuadra. Dolo le preguntó a Esper por Ceci y Esper empezó a contarle de las vacaciones. Cuando llegaron a la esquina Esper dobló.

—No —dijo Dolo—. Sigamos por esta.

—¿Por?

—Tengo que pasar un minuto por la casa de una compañera. Un minutito.

Caminaron otra cuadra. Esper le siguió contando todo lo que había hecho en Rosario. Le contó sobre Tato y su banda de jazz.

—¿A vos te gusta el jazz, Dolo?

—¡Hey! —gritó Dolo levantando los brazos—. ¡Mirá! ¡Los chicos!

El auto de Iván Vrest estaba estacionado en la esquina.

—¡No, Dolo! —dijo Esper—. ¡Dejá! ¡No los llames!

Pero los cuatro chicos ya se habían bajado del auto.

—Te alcanzamos —le dijo Federico, arrebatándole el bolso de las manos.

Dolo le entregó la mochila de Esper al Gonza. Tiraron todo en el baúl del auto. Metieron a Esper en el asiento de atrás, entre Nicolás y Federico. Y arrancaron.

Dolo se quedó parada en la esquina. No entendía por qué pero una angustia le cerró la garganta y se largó a llorar.

32.

—No sé por dónde empezar. Ni siquiera sé bien cuándo empezó. Quiero decir que toda esa bola viene desde hace tiempo. No sé desde cuándo. No sé. Desde la primaria, seguro. Pero nosotras con ese bardo no teníamos nada que ver. Nada, de verdad. Nosotras nos enganchamos justo antes de las vacaciones de invierno. Nos reunimos varias veces en la casa de Iván a planear todo. Pero te juro que yo no pensé. A mí de verdad no me importaba nada. Yo iba por Iván. Yo estaba muerta por Iván. Igual que las chicas. Las chicas también. No sé. Pero me parece que… Te juro que no tenía idea de que todo podía terminar así. Si no me acuerdo mal todo empezó un domingo a la tarde. Iván nos invitó a dar vueltas en auto. Dimos varias vueltas y después nos fuimos a su casa a tomar mate. A la casa de Iván. La cosa era que ellos, los de noveno, querían hablar con nosotras para que los ayudáramos. Querían bardear a Esper. Los chicos no querían ni ahí que Esper fuera al campamento de Mendoza. Esper es muy cerrado. No pega onda con nadie. Y bueno, ese domingo nos contaron el plan que tenían. La cosa era bardear a Esper para que él decidiera no ir al campamento. Y nosotras al final les dijimos que los íbamos a ayudar. Lo primero que habían pensado se llamaba "operación martillo". A nosotras nos pegó re gracioso. No sé. Estábamos todas como en las nubes. Ahora, si lo pienso ahora, no sé qué le pude haber visto de gracioso. Pero era raro lo que nos pasaba. Era como si estuviéramos tocando el cielo con las manos. Así, de repente, Iván, los chicos, nos daban bola. Estábamos. No sé. Estábamos como excitadas. No pensábamos. Nos dejábamos llevar. Lo que decidía el grupo estaba bien. No sé. Yo me planté con lo del gato. Cuando dijeron lo del gato ahí me di cuenta. Me cayeron todas las fichas de golpe. Los chicos siguieron con el plan pero yo me planté. Ahí, con lo del gato me planté. Así que después no me contaron nada más. Yo no sabía lo del secuestro. Ni una palabra. Me avisó Maca. Serían las dos de la tarde. Sí. O antes, a lo mejor. Me llamó Maca al celular y me dijo que Dolo le había contado. Que llorando le había contado. Le dijo que no sabía si había hecho bien o no. Que a las cinco de la tarde las chicas lo iban a ir a sacar. Y ahí Maca me dijo que me pasaba a buscar enseguida, que fuéramos en bicicleta, porque no estaba lejos. No sé en cuanto tiempo llegamos. Pero me parece que volamos. Íbamos a mil. No sé. Me parece que Maca tenía un mal presentimiento y me contagió, o algo. La cosa es que volamos en esas bicicletas. Pero cuando llegamos ya era tarde. Igual ya era tarde. Desde lejos. Desde la tranquera vimos a Esper tirado en el piso. Y el perro, un *rottweiler* que tenían los Vrest ahí en el campo, nos gruñía mostrándonos los dientes llenos de sangre. No dejaba que nos acercáramos a Esper. El perro estaba al lado de Esper y Esper tenía la cara destrozada. Si nos movíamos el *rottweiler*, que estaba como enloquecido, nos iba a atacar a nosotras. Lentamente agarré el celular que tenía en el bolsillo sin sacarle los ojos de encima al perro, que nos seguía gruñendo, todo ensangrentado. Esper no se movía. Pero se ve que de los nervios, el celular se me resbaló y se me cayó al piso. No sé. Yo estaba paralizada. Ni siquiera me animé a agacharme. Tenía miedo de que al moverme el perro se me viniera encima. Por suerte Maca tenía su celular. Marcó el número de la policía. Y de los bomberos. Y del hospital. Llamó a todo el mundo, Maca, por suerte. Después fue todo un descontrol. De golpe se llenó de gente. No sé. No sé cómo los bomberos lograron sacarle el perro de encima a Esper. No sé qué hicieron con el perro. Esper estaba gravísimo. Lo cargaron en la ambulancia y se lo llevaron a Rosario. En estado crítico, le dijeron a su abuela. Extremadamente crítico, le dijeron. Le querían decir que lo más probable era que no llegara a Rosario. Lo más probable era que se muriera en el camino.

Había un perro afuera. Esper podía escucharlo. Había un perro. Por qué le hacían esto. Por qué mierda le hacían esto. Qué les había hecho él. Qué. No veía ni dónde estaba. Apenas lo habían subido al auto, Nicolás le había vendado los ojos mientras el Gonza le ataba las manos atrás, en la espalda.

–Por qué… –dijo Esper.

–Por boludo –le contestó Federico.

Todo había pasado demasiado rápido. Esper no había visto ni dónde lo bajaban. El viaje había sido corto. No era lejos del pueblo.

–¡Graz! ¡Quieto! –había oído la voz de Iván cuando entraron al lugar.

–Son unos días, nomás –bromeó Nico–. Cuando volvamos del campamento te soltamos.

–¡Pasala bien! –le hizo un toque en la cabeza rapada Iván.

Esper había oído cómo cerraban un portón y el motor del auto cuando se iban. Se frotó las muñecas hasta que logró aflojar las sogas. No estaban apretadas. Se sacó la venda. Miró el lugar donde lo habían encerrado. Era un galpón. Un galpón con cuatro pequeñas ventanas en lo alto de las paredes laterales. La única salida era el portón del frente pero le habían puesto un candado del lado de afuera. Qué se pensaban que eran para hacerle esto. ¿Dios? ¿Se pensaban que eran Dios los hijos de puta? Hijos de mil putas. Y ese perro allá afuera que no paraba de ladrar. Empezó a caminar en redondo. Estaba furioso. Por qué. Por qué. A un costado, apoyada en una de las paredes laterales habían puesto una mesa de *camping*, de esas plegables, y una reposera de lona rayada. Arriba de la mesa había tres botellas de agua mineral y una caja de cartón. Esper abrió la caja y encontró unas barras de cereal y un sobre con una carta. La leyó. Le indicaban qué era lo que tenía que decir cuando saliera de ahí. Qué cansado estaba. No tenían derecho. No tenían derecho. Ningún derecho. Se sentó en la reposera y cerró los ojos. Los párpados barrieron las lágrimas amontonadas. Siguió llorando con los ojos cerrados. De bronca lloraba. Con la campera puesta, reclinado en la reposera rayada como si descansara a la orilla del mar. Los ojos cerrados. Ciego para no ver el mundo de afuera.

Ciego como un murciélago en la oscuridad. Lloraba en la oscuridad. En la oscuridad se orientaba. De a poco terminaba encontrando el rumbo, como un murciélago en la oscuridad. Se calmó. Después de un rato dejó de llorar y se quedó como anestesiado. No sabía cuánto tiempo tenía por delante antes de que vinieran a buscarlo pero era mucho. Seguro que era mucho. Abrió los ojos, agarró una botella y tomó un largo trago de agua. El perro, afuera, se había callado. Volvió a caminar recorriendo el lugar pero, esta vez, más calmo. Cuando pasó adelante del portón de entrada se asomó por la hendija que quedaba entre las dos hojas y vio que los chicos habían puesto el candado pero no lo habían cerrado. Con el apuro les había quedado abierto. El perro se arrimó al portón y empezó a ladrarle a Esper. ¡Fuera! Si encontrara un palo, una barreta, algo como para alcanzar el candado desde adentro. ¡Chist! ¡Fuera! Volvió a recorrer el interior del galpón. El perro ladraba enloquecido. Detrás de las bolsas de semillas que había apiladas en el fondo encontró un zapín. Eso le serviría. Lo pasó por la hendija del portón y calzó la curva del candado sobre la chapa del zapín. Lo fue levantando hasta que el candado salió de la cerradura y cayó al suelo. Esper abrió el portón.

Ceci estaba con Tato cuando le avisaron. Lo habían llevado a otro sanatorio, no donde trabajaba ella. Recién a la noche la habían dejado pasar a terapia. Era viernes. Y Tato había suspendido la función para quedarse con Ceci. Ceci mariposa de alas destrozadas. Sola no puedo entrar. Sola no puedo. Ceci pupa muerta para siempre al lado de Esper que tenía toda la cabeza envuelta en gasas blancas y un respirador y cables. Un minuto nada más. Y Ceci apretando la mano de Tato. Y Tato ahí parado todo vestido de negro. Tato agarrando la mano de Esper y diciéndole:

–Ya pasó. Tranquilo, Ramón. Ya pasó. Todo va a estar bien. Ya vas a ver.

Y Esper que mueve apenas la cabeza pesada de gasas como si hubiera escuchado al hombre de negro. Esper que parece mirarle los pies al hombre de negro. Y no tiene alas. No tiene alas en los pies. Ya no puede volar sin alas. Sin alas en los pies nadie puede volar. Y cierra los ojos cargados de hematomas y se orienta en la oscuridad. Busca el rumbo. Espanta a los murciélagos que vuelan con él. Vuelan sobre él. Sobre sus gasas blancas. Trata de correrlos de su camino porque ya no los quiere. Los murciélagos se han volado de los pies del hombre. El hombre ya no tiene alas. Ya no vuela. Ya vino para quedarse y le ha dicho que todo va a estar bien. Y a lo mejor así es. A lo mejor todo va a estar bien.